Otto Ernst   Schmidt

Das Glück ist immer da

Heitere Geschichten und Plaudereien

Otto Ernst Schmidt

Das Glück ist immer da
Heitere Geschichten und Plaudereien

ISBN/EAN: 9783337361402

Hergestellt in Europa, USA, Kanada, Australien, Japan

Cover: Foto ©Andreas Hilbeck / pixelio.de

Weitere Bücher finden Sie auf **www.hansebooks.com**

Das Glück ist immer da!

Ullstein-Bücher

Eine Sammlung
zeitgenössischer Romane

Ullstein & Co / Berlin und Wien

Das Glück ist immer da!

Heitere Geschichten und Plaudereien
von

Otto Ernst

Ullstein & Co / Berlin und Wien

Die Marienbader Kur

Meine Freunde haben es verschuldet. Sie haben mich so lange gereizt. »Eduard, du wirst zu stark, Eduard!« sagten sie täglich zu mir; die Gefühlloseren sagten: »zu dick«, die Gemütsrohen: »zu fett«. Ich leugnete das energisch; aber sie mußten sich heimlich verschworen haben; denn sie sagten es alle. »Ein gewisses Embonpoint ist bei mir hereditär, habituell, gehört sozusagen zu meiner Konstitution,« bemerkte ich. Dergleichen drückt sich immer am besten in Fremdwörtern aus. Ein rüdes Gelächter antwortete mir. »Deshalb«, fuhr ich fort, »verschlagen auch Entfettungskuren bei mir nicht das geringste.« »Ja, weil du sie nicht konsequent durchführst!« johlte die Masse in vulgärer Einstimmigkeit. »Ich – nicht durchführen?« versetzte ich mit meiner überlegenen Ironie, »nun – das werde ich euch beweisen!« Und so ging ich nach Marienbad.

»Sie gehen nach Marienbad?« fragte mich ein wohlbeleibter Eisenbahngefährte. »Ei, da sind Sie zu beneiden! Marienbad ist entzückend! Und schlemmen kann man da, schlemmen –!«

Ich bemerkte dem Manne mit einem sittlichen Ernste, der – ich fühlte es – mir gut stehen mußte, daß ich nicht zu schlemmen gedächte, sondern mich einer sehr ernsten Magerkur zu unterziehen beabsichtigte.

»Ach so, Sie wollen fasten!« rief er überrascht. »Na ja – kann man da auch,« fügte er nachlässig hinzu. »Dazu gehört allerdings ein starker Wille.«

»An dem soll es nicht fehlen,« preßte ich durch die aufeinandergebissenen Zähne.

Er maß mich von oben bis unten und dann von links nach rechts und sagte nichts, der unhöfliche Mensch.

Vor dem Diner im Speisewagen sagte ich mir logischerweise, daß es erst dann einen Sinn habe, mit der Kur zu beginnen, wenn *alle* Bedingungen dieser Kur gegeben seien, daß systemlose Halbheiten in solchem Falle sogar recht gefährlich werden können. Andrerseits war mir wohlbekannt, daß bei solchen Kuren ein möglichst großer Gegensatz zwischen heut und morgen nur zu empfehlen ist, weil nämlich der Körper auf solche schroffen Uebergänge mit einer beträchtlichen Gewichtsabnahme reagiert. Das Diner setzte sich für dieses Prinzip sehr günstig zusammen; es bestand aus Bouillon mit Klößen, Lachs mit Mayonnaise, Mastochsenbraten mit Makkaroni, Plumpudding und Butter und Käse. Um den Choc, den der Körper morgen erhalten sollte, zu verstärken, nahm ich dazu eine Flasche Bier, eine halbe Flasche Clicquot und zum Kaffee einen Benediktiner. Danach legte ich mich in meinem Abteil schlafen.

In Marienbad angelangt, begann ich meine Kur auf dem Bahnhofe. Zwar meinen Hauptkoffer überwies ich einem Träger; als dieser aber auch den nicht unbeträchtlichen Nebenkoffer an sich nehmen wollte, sagte ich triumphierend: »Nein, lieber Freund, jetzt wird selbst getragen,« nahm meinen Koffer und schritt hinaus. Die Fiaker vor dem Bahnhof machten mir ihre komfortabelsten Gesichter, nannten mich »Herr Baron« und, als mir das nicht zu genügen schien, »Herr Graf«; ich aber versetzte ohne allen Adelsstolz: »Nein, meine Herren, jetzt wird gegangen!«

Wenn ich einmal eine Sache angreife, so tu' ich's mit Energie.

Wenn ich gewußt hätte, daß der Bahnhof so weit vom Orte entfernt liege und daß meine Wohnung dann auch noch ganz am entgegengesetzten, nördlichsten Ende der Stadt gelegen sei und daß der Weg dahin nicht allzu sanft ansteige, so hätte ich vielleicht doch meinen Koffer dem Träger übergeben und wäre gefahren. Aber während ich schwitzte, erhob mich doch das Wonnegefühl: »Wenigstens fünf Pfund schaffst du dir durch diesen Leidensweg vom Leibe. Wenn du das drei- bis viermal gemacht hast, bist du dein Uebergewicht los. Allerdings« – dieser Gedanke erleuchtete mich blitzartig – »das hättest du auch zu Hause haben können.«

Meine Wohnung lag im dritten Stock. Für die Zumutung, den Fahrstuhl zu benutzen, hatte ich nur eine kurze, abweisende Handbewegung. Das Zimmer kostete wöchentlich fünfzig Kronen einschließlich Tag- und Nachtgeschirr. Alles andere mußte extra bezahlt werden.

Sobald ich mich einigermaßen eingerichtet und umgekleidet hatte, eilte ich, mich wägen zu lassen. Ich fühlte mich so leicht nach meiner Kofferträgerarbeit!

In Marienbad hat jedes zweite Haus eine allein richtige Wage. Man setzt sich in einen bequemen Stuhl und läßt seine Schwerkraft walten; dann zeigt die Wage nicht nur das Gewicht an, sie druckt es auch gleich auf einen kleinen Zettel. Da stand: 94,8 Kilo.

»Sie sind wohl –!« rief ich unwillkürlich aus. Das Wort »verrückt« verschluckte ich ebenso unwillkürlich wegen der Gerichtskosten.

Der Mann beteuerte, daß sein Apparat vollkommen tadellos funktioniere. Ich warf meine zwanzig Heller auf den Ladentisch, ließ den Zettel liegen und ging, Verachtung in den Zügen, hinaus.

Zwanzig Schritte weiter trat ich in ein anderes Haus mit allein richtiger Wage. Der Zettel erschien und zeigte: 95 Kilo. Diesmal versah eine Dame das Wägeamt; ich konnte also nicht 'mal »Sie sind wohl –!« rufen.

Langsam und sinnend schob ich den Zettel in die

Westentasche und verließ das Lokal. Mir war's, als hätte ich Blei in den Gliedern.

Draußen kam mir die Erleuchtung. Ah, dacht' ich, die haben dir den Neuling angesehen. Das sind Wagen für Ankömmlinge! Jetzt wirst du schlau sein. Mit elastischen Schritten betrat ich ein drittes Lokal und rief: »So! Zum Abschied möcht' ich nun noch einmal gewogen sein!« Diesmal verzeichnete der Zettel: 95,1 Kilo.

> »Noch mehr! Es hängt Gewicht sich an
>   Gewicht,
> Und ihre Masse zieht mich schwer hinab.«

Erdrückt von der Wucht meiner Persönlichkeit, schlich ich zum Arzt. Er behauptete, ich müsse morgens sechs Uhr aufstehen, zum Kreuzbrunnen gehen, dort drei Glas Brunnen mit Zusatz eines gewissen Salzes trinken, dann anderthalb Stunden spazieren gehen, danach dürfe ich frühstücken. Der Mann hatte eine merkwürdige Ausdrucksweise; unter »frühstücken« verstand er: eine Tasse Tee, ein Ei und einen Zwieback nehmen. »Ohne Butter!« rief der Herr Doktor begeistert. Mittags dürfe ich dann eine Fleischspeise, ein Gemüse, ein Kompott und eine halbe Flasche Biliner Wasser genießen. Und abends könne ich mir eine Fleischspeise, ein Gemüse *oder* ein Kompott und, wenn es sein müsse, ein Krügel Pilsner gestatten. Für diese Beköstigung müsse ich aber fünf bis sechs Stunden täglich marschieren. Ich versicherte dem Arzte, diesen Vorschriften nachzukommen, sei für einen Menschen von Willenskraft ein reines Kinderspiel, und vollends für mich, der ich von jeher mäßig zu leben gewohnt sei.

Morgen, gleich morgen, solle ich mit der Kur beginnen, hatte der Arzt befohlen. Dieser Abend war also noch mein. Ich traf in der Kaiserstraße einen alten Freund, der mir ein Lokal bezeichnete, in dem er jeden Abend mit einigen vergnügten Leuten zusammentreffe und wo es ein vorzügliches Pilsner Bier gebe. »Pilsner Bier hat nämlich eine mild laxierende Wirkung,« erklärte er mir. Und in der Tat: Pilsner Bier hatte mir ja sogar mein Arzt gestattet. Außerdem wäre es mir als unnötige Schroffheit erschienen, die Einladung dieses lieben Menschen abzulehnen; ich ging also mit und trank einige Krügel. Ich fühlte wirklich, wie mir immer leichter wurde, und wie auf Flügeln schwebte ich um Mitternacht nach Hause.

Um sechs Uhr war ich auf den Beinen, um halb sieben am Brunnen. In langer Prozession wallten die Kurgäste, jeder ein Glas in der Hand, zur Quelle. Wo eine Lücke war, wollte ich mich anspruchslos und unauffällig dem Ganzen einfügen; aber sofort bedeutete mir ein Aufseher, daß ich mich ganz am Ende anschließen müsse. Nach zehn Minuten kam ich zur Quelle und erblickte dort ein merkwürdiges Naturspiel: einen Mann, der fortwährend pumpte und dabei untertänig grüßte. Die Leute, die pumpen, grüßen sonst ganz anders. Ich erhielt mein wohlgefülltes Glas, schüttete das vorgeschriebene Salz hinein und setzte es an den Mund. Mit ungeheurer Spannung kostete ich dies Getränk. Es schmeckte wie Niedertracht mit Gemeinheit. Es ist mir immer Grundsatz gewesen, widrige Dinge, die geschluckt werden müssen, mit zugedrückten Augen und mit einem Schluck und Druck hinunterzusetzen. Aber das war hier verboten. Zehn Minuten lang solle ich an dem Becher trinken, hatte der Arzt befohlen. In solchen zehn Minuten büßt man vieles ab. Freilich macht eine recht gute Kurkapelle Musik dazu. Aber es ist nicht das Richtige, wenn man Mozarts Champagnerlied mit auf die Weste herabhängenden Mundwinkeln anhört; es ergibt eine falsche Auffassung, wenn man sich bei dem Seufzer

»O–o–o De–li–la!«

nach dem Bauche greift. Nach dem ersten Glase trank ich ein zweites und ein drittes. Sehr sinnig schließt das Konzertprogramm regelmäßig mit einem Galopp.

Dann kam der anderthalbstündige Spaziergang in die allerdings höchst anmutige und erfrischende, berg- und waldgeschmückte Umgebung Marienbads. Der Reiz der unbekannten Landschaft ließ mich die materiellen Dinge dieser Welt vergessen, bis ich durch ein nahes Gebüsch das Geklapper von Tassen und Teelöffeln vernahm. Die Umgebung von Marienbad ist mit verführerischen Cafés geschwängert; »freudig hingezogen« trat ich ein und bestellte mein Frühstück. Auch hier wurde Musik gemacht, aber nicht zur Milderung, sondern zur Verschärfung der Kur. Nach einer äußerst regellosen Carmen-Phantasie wollte ich gerade mein Ei und meinen Zwieback genießen, als ich inne ward, daß ich sie schon verzehrt hätte. Mit männlicher Entschiedenheit sprang ich auf und wanderte meiner Wohnung zu, um ein wenig zu ruhen, ein wenig an meinem Trauerspiel »Ugolino« zu arbeiten und mich auf das kohlensaure Bad mit kalter Abwaschung und Massage vorzubereiten.

Beim Mittagessen saß mir gegenüber ein Mann, der jedes Mitgefühls bar ein Menü von sechs Gängen aß. Um mich zu kasteien, las ich das ganze Menü durch, einem Athleten gleich, der, mit Kopf und Füßen auf zwei Stühlen liegend, sich immer neue Zentnergewichte auf die Brust legt. Ueber dem Menü stand geschrieben:

»Ohne weitere Auswahl!!!!!!!«

Mit sieben Ausrufungszeichen; ich habe sie gezählt.

»Kann ich für den Kalbsbraten auch was andres haben?« fragte mein Gegenüber.

»Aber natierlich!« versetzte der Kellner.

Da fragte ich mich: Wieviele Ausrufungszeichen macht

man in diesem Lande hinter einem Gesetz, das wirklich unumstößlich ist?

Den ausfallenden Mittagsschlaf mußte ich nach Anordnung des Arztes durch eine vierstündige Fußwanderung ersetzen. Sie durfte unterbrochen werden durch eine Tasse Tee. »Mit einem Zwieback,« hatte der Arzt in einer Anwandlung von Schwäche hinzugefügt.

Ich wanderte viereinhalb Stunden, trank ein Glas Kreuzbrunnen und genoß zu Abend eine Fleischspeise, ein Gemüse *oder* Kompott und ein Krügel Pilsner. Gehorsam ist des Christen Schmuck.

Ein unvergleichlicher Trost in solchen Zeiten der Depression ist eine gute Hamburger oder Bremer Zigarre. Leider hatte ich mir nur einen winzigen Vorrat mitnehmen können, weil Zigarren an der österreichischen Grenze einen ungeheuren Zoll kosten.

Wie ein artiges Kind schlüpfte ich gegen zehn Uhr ins Bett, und diese Lebensweise setzte ich fünf Tage lang ohne nennenswerte Schwankungen fort. Nur hatte ich mir am dritten Tage beim Frühstück gesagt: »Die paar Tropfen Sahne, die zum Tee serviert werden, könntest du eigentlich mitnehmen. Zwar: Sahne macht fett. Aber ich erinnere mich vollkommen deutlich, daß der Arzt nicht gesagt hat: »ohne Sahne«. Der Mann war sehr genau in seinen Vorschriften; hätte er die Sahne verbieten wollen, so hätte er es zweifellos getan. Er hat sie also erlaubt, und da ich mich strengstens nach seinen Vorschriften richten will, so muß ich sie eigentlich nehmen. Es ist zwar nur ein Fingerhütchen voll; aber es ist etwas mehr.« Seit diesem Tage nahm ich Sahne zum Tee.

Als fünf Tage herum waren, sollte wieder gewogen werden. Ich habe in meinem Leben verschiedene Examina durchgemacht; aber mit so feierlicher Spannung, mit so freudig-banger Erregung bin ich keiner Prüfung entgegengegangen wie dieser. Ich schwankte lange, welcher Wage ich mich anvertrauen solle; endlich trat ich in einen Laden, legte Hut, Ueberzieher, Handschuhe, Gummigaloschen, Portemonnaie, Taschenmesser, Uhr und Schlüsselbund ab und bestieg den Schicksalsstuhl.

»92 Kilo,« sagte die wägende Themis.

»Den Zettel!« stotterte ich.

Da stand es schwarz auf weiß: »92 Kilo!« Also ein Gewichtsverlust von 3,1 Kilo, von 6⅕ Pfund, von 3100 Gramm! Die Tugend hatte ihren Lohn gefunden; Geist und Wille hatten über die Erdenschwere gesiegt! »Hurra!« flüsterte ich auf der Straße vor mich hin. »Hurra! Darauf kann ein vergnügter Abend stehen!«

Ich suchte meinen Freund auf und das famose Pilsner-Lokal. Ich konnte mein Glück nicht für mich behalten; ich mußte mich mitteilen, und noch eh' ich Hut und Mantel abgelegt hatte, rief ich: »Sechs Pfund! Sechs Pfund verloren! Der ehrliche Finder soll sie behalten! Wie steh' ich nun da?«

»Was?« schrie mein Freund. »Sechs Pfund in fünf Tagen? Menschenskind, sind Sie denn des Deubels? Wissen Sie auch, daß Sie sich dabei den schönsten Herzklaps holen können?«

Ich erschrak und griff unwillkürlich nach der Speisenkarte. Mein Auge fiel auf: Filetbraten mit Makkaroni. Und mir ward, als spräche der Herr: »Es sammle sich alles Wasser unter dem Himmel,« und mein Mund wäre der Sammelplatz. »Donnerwetter,« stöhnte ich, »Makkaroni ess' ich so gern; aber sie setzen Fett.«

»Nanu?« machte mein Freund, »Makkaroni? Sie sind doch in Italien gewesen. Wo sieht man schlankere, sehnigere Gestalten als in Italien? Und das lebt den ganzen Tag von Polenta und Makkaroni.«

Ich muß gestehen: ich hatte einen Augenblick den

Argwohn, daß mein Freund mich verführen wolle; aber ich schämte mich sofort dieser häßlichen Regung und bestellte mir Filetbraten mit Makkaroni und reichlichem Käse.

Als ich schwankte, ob ich mir ein drittes Glas Pilsner bestellen dürfe, fragte mich mein Freund:

»Wieviel hat Ihnen denn Ihr Arzt erlaubt?«

»Einen Krug,« versetzte ich.

»Macht vier,« sagte er.

»Wieso?«

»Nun, wenn er Ihnen einen gestattet, so nimmt er an, daß Sie zwei trinken; ein guter Arzt gestattet seinem Patienten aber nur dann zwei Krüge Bier, wenn er weiß, daß ihm auch viere nicht schaden.«

»Ja, ein guter Arzt ist er,« rief ich, »er hat auf mich den Eindruck eines sehr intelligenten und gewissenhaften Mannes gemacht.«

»Na also!« rief mein Freund, und ich bestellte zunächst das dritte Glas. –

Am nächsten Morgen erschien ich erst um halb neun am Brunnen, weil ich erst um acht Uhr aufgestanden war. Der Morgenspaziergang fiel daher aus; das Gefühl der Sättigung aber, das mich noch vom Abend vorher erfüllte, kam dem Fortgang meines »Ugolino« glänzend zustatten. Die Zeilen flogen nur so aufs Papier.

Das Hochgefühl gelungener Arbeit regt wohl bei allen Menschen den Appetit an. Mein diesmaliges Gegenüber am Mittagstisch verzehrte ein Riesenstück von einem Karpfen auf böhmische Art. Ich fragte den Kellner, ob noch ein so gutes Stück da sei, und als er es bejahte, bestellte ich es. Im übrigen aber hielt ich mich streng an die Vorschrift und aß nur noch eine Fleischspeise, ein Gemüse und ein Kompott nebst Brot. Ebenso blieb ich am Abend streng bei meiner Diät, und wenn ich mir darüber hinaus eine Portion

Palatschinken bewilligte, so wird nur der etwas darin finden, der diese Speise nicht kennt. Palatschinken sind ganz dünne Pfannkuchen, die mit Kompott oder Fruchtgelee bestrichen und dann aufgerollt werden. Wenn ich den Erfinder dieses Gebäcks kennte, so würde ich ihm ein Denkmal errichten, und wie man Gelehrte, Dichter und Staatsmänner auf ihren Monumenten wohl mit einer Pergamentrolle darstellt, so würde ich ihm einen Palatschinken in die Hand geben. Außerdem muß man wissen, wie solche Sachen in Oesterreich bereitet werden. Ich lobe die österreichischen Mehlspeisen (die man dort merkwürdigerweise »Müllspeisen« nennt) grundsätzlich, weil, wer das unterläßt, beim nächsten Wiederbetreten des Landes als lästiger Ausländer ausgewiesen wird; aber ich lobe sie auch aus innerster Ueberzeugung. Sie werden selbst von den Hamburger Köchen nicht erreicht – sapienti sat.

So lebte ich abermals fünf Tage in Fasten und Kasteiungen dahin, mir nur hin und wieder einen kleinen Seitensprung gestattend, um das allzu schnelle Entfettungstempo wohltätig zu verlangsamen. Der »Herzkollaps« stand mir als warnendes Gespenst vor Augen. Dabei war ich so intensiv mit meiner Arbeit beschäftigt, daß ich mir beim Frühstück aus reiner Zerstreutheit zwei Eier oder Butter oder Schinken, einmal sogar alles zugleich kommen ließ und in Gedanken verzehrte. Am zehnten Tage schritt ich fröhlich zur Wage. Nach meinem Spiegelbilde und meinem Allgemeingefühl schätzte ich meine Gewichtsabnahme auf drei Pfund. Das Resultat lautete: »94,5 Kilo.«

»Sie müssen sich irren!« rief ich.

»Bitt' schön, schauen der Herr selbst nach,« sagte der Mann und gab mir den Zettel.

»Dann ist Ihre Wage nicht richtig!«

»Bitt' schön, das ist die genaueste Wage in ganz Marienbad.«

Gewogen und zu schwer befunden, ein umgekehrter Belsazar, verließ ich wankend das Haus. Ich ging in eine Buchhandlung und kaufte mir das Heft: »Wie werde ich energisch?« und begann meine Kur von vorn.

Ich trank Brunnen, daß ich zeitweilig an der fixen Idee litt, ich sei ein Rohr der städtischen Wasserleitung; ich knabberte morgens meinen einsamen Zwieback und scherzte dazu blutenden Herzens mit der appetitlichen Kellnerin, »ich kroch durch alle Krümmen des Gebirgs«, die in der Umgegend Marienbads aufzufinden sind, »den Durst mir stillend mit der Gletscher Milch, die in den Runsen schäumend niederquillt,« und schwitzte, oder, wie der Gebildete sagt: transpirierte, daß man die disjecta membra poetae in der ganzen Gemarkung hätte zusammenlesen können. Beim Mittagessen saß ich mit niedergeschlagenen Augen wie eine züchtige Pastorentochter, um die andern nicht essen zu sehen; denn, weiß der Teufel, obwohl ich jeden Tag anderswo saß, immer hatte ich zum Gegenüber einen Schlemmer und Fresser, der einen Rekord brechen zu wollen schien. Eine Tochter, die mir in diesen Tagen schrieb, daß man zu Hause eine »großartige« Aalsuppe mit Schwemmklößen gegessen habe, verstieß ich auf telegraphischem Wege. Mein »Ugolino« rückte natürlich nicht von der Stelle. Meinem »Freunde« wich ich, wenn ich ihn von weitem sah, in größtmöglichem Bogen aus. Ja, dieser »Freund«, er konnte lachen; er war ein »hagerer Wollüstling« wie Calcagno, »Bildung gefällig und unternehmend«; er konnte machen, was er wollte, er war und blieb geschmeidig wie ein Rapier. Man klagt ein langes und breites über die ungleiche Verteilung des Besitzes, über die ungleiche Verteilung der Geistesgaben, über die ungleiche Verteilung von Schönheit und Körperkraft; aber gibt es eine schreiendere Ungerechtigkeit, als daß Menschen jahraus, jahrein Diners von fünfzehn Gängen mit zugehörigen Weinen und Likören vertilgen, ohne auch nur um die Dicke eines Lindenblättchens zuzunehmen? Muß einen nicht ein darmzerfressender Neid durchwühlen, wenn man das ansieht und um jeden elenden Kartoffelschmarrn ein Pfund schwerer wird?

Das Traurigste in diesen dunklen Tagen war, daß meine heimischen Zigarren alle geworden waren. In Oesterreich werden die Zigarren von der Regierung gedreht. Sie werden aus einem tabakähnlichen Stoffe verfertigt (ich halte es für eine Art Baumwolle), sind nicht billig, brennen aber vorzüglich und riechen nicht. Man kann sie Säuglingen geben, die die Muttermilch nicht vertragen. Der österreichische Patriot pflegt seine Zigarren zu verteidigen, indem er sagt: »Ja freilich, unsere Zigarren taugen nichts; aber das ist das Gute am Monopol: man kriegt sie in der ganzen Monarchie, auch im kleinsten Dorf, in der nämlichen Qualität!« Uebrigens stimmt das nicht einmal; denn in den kleinen Spezereigeschäften auf den Dörfern werden sie gewöhnlich zwischen Petroleum und Chlorkalk aufbewahrt, und dann riechen sie. Freilich halten sie auch dann keinen Vergleich aus mit den italienischen Zigarren. Aus einer Zigarre in Venedig roch ich einmal Seife, Zimt, Gorgonzola, Buchdruckerschwärze, ranziges Oel, Rhabarbertropfen, Kaffee und muffig gewordene Spaghetti heraus. An der Schweizer Grenze fragte mich ein Zollbeamter, ob ich auch italienische Zigarren im Koffer hätte. »Herr!« rief ich außer mir. »Wie kommen Sie dazu, mir Perversitäten zuzumuten?!«

Warum ich mir keine Zigarren von Deutschland hereingeschmuggelt hatte? Ich halte mich nicht für berechtigt, einen Staat, mit dem wir einen Dreibund geschlossen haben, in seinen Finanzen zu schwächen. Offen gestanden, hatt' ich's auch vergessen.

An einem dieser Tage, von denen schon die Koheleth sehr richtig bemerkt, daß sie uns nicht gefallen, stand ich gedankenvoll vor dem Stadt- und Posthause, noch beschäftigt mit einem Brief, in dem mir Weib und Kinder ihre Verlassenheit klagten. Wie gern wäre ich zu ihnen geeilt, wenn nicht Pflichten gegen das schnöde Fleisch mich an diesen Marterort gebannt hätten. Da fiel eine Hand auf meine Schulter, und neben mir stand mein Freund Calcagno.

»Famos, daß ich Sie treffe!« rief er, »gerade wollt' ich Ihnen schreiben. Also morgen um drei Uhr kommen ein paar nette Kerle zu mir zu einem einfachen Mittagessen. Tun Sie mir die Liebe, mit von der Partie zu sein!«

Ich kannte seine »einfachen Mittagessen«; Lucullus war Kasernenküche dagegen. Ich lehnte ab unter Hinweis auf meine Kur.

»Aber, Teuerster, Ihre Kur soll nicht das geringste darunter leiden! Lauter leichte Sachen! Schließlich brauchen Sie ja nur zu essen, was sich mit Ihrer Kur verträgt! Und wenn Sie nicht wollen, essen Sie gar nichts! Wenn Sie nur dabei sind!«

Ich bemerkte noch einmal mit vor Entschlossenheit bebender Stimme, daß ich fest bleiben müsse.

»Aber jeder vernünftige Arzt gestattet doch Ausnahmetage; er schreibt sie sogar vor. ›Meide die Gewohnheit,‹ sagt Schweninger, ein Mann, der Bismarck entfettete! Wenn Sie sich an diese Lebensweise gewöhnen, werden Sie dick statt mager. Es ist eine bekannte Beobachtung, daß Sträflinge sogar bei der Zuchthausmenage fett werden –«

»Sie haben recht!« rief ich im frohen Gefühl, eine neue Wahrheit gefunden zu haben. »Ich komme; ich komme bestimmt!«

»Na bravo! Das ist ein Manneswort. Sie werden sehen, es wird nett!«

17

O, ob es nett wurde! Es gab Kaviar, getrüffelte Gänseleber, Brüsseler Poularde, Langusten, Zungenragout, Sorbet usw. usw. Dazu 68er Stefansberg, 93er Hattenheimer Bildstock, 69er Lafitte Schloß-Abzug, 47er Yquem, ganz alten Heidsieck; kurz: Weine von einem unglaublichen Innenleben und von einem Alter, daß man bei jedem Glase unwillkürlich nach dem Kopfe griff, um ehrerbietig den Hut abzunehmen. Und zu jedem Gericht und jedem Wein gab der Wirt nicht ohne Scharfsinn eine überzeugende Erklärung, warum und inwiefern sie kurgemäß wären. Von dem alten Heidsieck zu trinken, verbot mir gleichwohl meine Selbstzucht.

»Auf Sekt will ich denn doch lieber verzichten,« erklärte ich und hielt die Hand übers Glas.

»Warum denn gerade auf Sekt?« rief Calcagno mit grenzenlosem Erstaunen. »Alle Rennpferde kriegen Sekt! Haben Sie schon einmal ein korpulentes Rennpferd gesehen?«

Für streng logische Schlüsse habe ich immer eine Schwäche besessen; ich zog meine Hand zurück. – –

Andern Mittags, als ich aufgestanden war, schlenderte ich über die Kreuzbrunnenpromenade und entdeckte dort eine automatische Wage mit der Ueberschrift: »Wieviel wiegen Sie?« Ich fand diese Frage zwar etwas dummdreist; aber ich konnte ihr doch nicht widerstehen, stieg auf, steckte 20 Heller in den Schlitz und konstatierte 94 Kilo.

Also das war nun der ganze Erfolg nach drei Wochen des Darbens, Kurierens und Kasteiens! Ein ganzes Kilogramm!

Halt – an dem Automaten befand sich auch eine Tabelle, nach der man genau feststellen konnte, wieviel man wiegen dürfe. Ich fand, daß meiner Körperlänge ein Gewicht von 65 Kilo angemessen wäre. Also hätte ich 30 Kilo zu viel, und sie zu beseitigen, forderte 90 Wochen Marienbad! Es war doch geradezu lächerlich, solch einen Ort für Entfettungskuren zu empfehlen!

Ebenso lächerlich war übrigens diese Tabelle. Als ob man so rein mechanistisch die Leibesstärke eines Menschen vorschreiben könnte, als ob sie nicht individuelle Bestimmung wäre wie meine Augen, meine Stimme, meine Hand, mein Temperament! Ich ging die Reihe meiner Ahnen durch bis ins 15. Jahrhundert – soweit ich sie kannte, waren sie meistens oder doch großenteils wohlbeleibt gewesen. Es war also meine Bestimmung, dick zu sein. Was wußten die Aerzte von meiner Bestimmung! Gewiß war es vernünftig und geraten, einem Uebermaß vorzubeugen. Das wollt' ich ja auch, tat ich ja auch! Aber wie weit man gehen darf, das kann kein Automat und kein Arzt bestimmen; das muß man selbst fühlen. Ein vernünftiger und leidlich gebildeter Mensch soll sein eigener Arzt sein.

Danach beschloß ich nun zu handeln, und da gerade mein Geburtstag war, aß ich ein Gericht Knödel, wie ich sie so sehr liebe. Ich wußte wohl, daß ich nach diesen Knödeln wieder Gewissensbisse fühlen würde; aber Gewissensbisse machen mager, und so wurde die gewünschte Wirkung auf einem Umwege doch erzielt.

Hartnäckig wie ich in der Verfolgung eines einmal gesteckten Zieles bin, setzte ich bis zum Ende meines Aufenthalts meine Kur ohne Unterbrechung fort. Daß ich mich für das Diner meines Freundes revanchierte, ist selbstverständlich. Ich konnte mich unmöglich einladen lassen, ohne wieder einzuladen. Um Exzessen vorzubeugen, gab ich indessen kein Diner, sondern nur ein Frühstück; daß meine Gäste erst nach Mitternacht aufbrachen, ist nicht meine Schuld; ich konnte sie doch nicht fortschicken.

So hatte sich denn unter den Mitgliedern dieses Kreises ein höchst erfreuliches Verhältnis herausgebildet, und dieses harmonische Einvernehmen fand in einem Abschiedsessen, das die Herren mir am Abend vor meiner Abreise gaben, seinen natürlichen Ausdruck. Die Herren überhäuften mich mit Aufmerksamkeiten jeglicher Art; sie hatten ein Menü zusammengestellt, das ausschließlich aus meinen Lieblingsspeisen bestand, und wollten es sich nicht nehmen lassen, mich von der Festtafel direkt an den Zug zu begleiten. Ich nahm dies Anerbieten mit Vergnügen an, ließ mich aber selbstverständlich durch allen Jubel und Trubel in meinem Pflichtgefühl nicht beirren. Unter dem Vorwande, daß ich mir noch Handschuhe kaufen müsse, trat ich auf dem Wege zum Bahnhof in ein Handschuhgeschäft mit allein richtiger Personenwage. Ich legte alles ab: Hut, Mantel, Taschenmesser usw., nur nicht das Portemonnaie – es war von keinem Belang mehr – setzte mich in den Stuhl und machte mich so leicht wie möglich.

»95,3 Kilo!«

Das »weitbeschreyte« altberühmte Marienbad hatte mir also nicht nur nichts geholfen; es hatte mir zu meiner Fülle noch 200–300 Gramm hinzugebürdet. Und auf diesen Schwindel war selbst ein Goethe hineingefallen!

Daheim schilderte ich meinen Freunden bis ins Einzelne hinein die Marienbader Kur und ihre Vorschriften.

»Und das hast du vier Wochen lang befolgt?« riefen sie wie aus einem Munde.

»Im großen und ganzen – und im wesentlichen ja!« versetzte ich mit einer großen und runden Armbewegung.

Warum die Kerle sich in die Rippen stießen und mein bester, treuester Freund sogar laut herausprustete, ist mir noch heute ein Rätsel.

Die Ziege

Die Sache begann sehr harmlos. Als ich vor Jahren einmal mit Roswithen spazieren ging, fragte sie mich: »Vater, magst du gern Ziegen leiden?«

Ich kann eigentlich nicht behaupten, daß ich die Reize der Ziegen überwältigend finde; es sind ja auch nicht gerade die schönsten und liebenswürdigsten Damen, die man als Ziegen bezeichnet. Ich antwortete also langsam, gedehnt und ohne jeden Schwung:

»Nun jaaa – hm, – wie man's nimmt – warum nicht?«

»Ich schrecklich gern!« seufzte Roswitha. »So kleine junge Ziegen find' ich reizend!«

Ja, wenn sie noch klein sind, sind sogar die Menschen reizend. Dachte ich, sagte ich natürlich nicht.

Damit schien dieses Thema erschöpft.

Wir hatten damals nur einen recht kleinen Garten, in dem freilich ein paar alte mächtige Bäume standen, eben deshalb aber Gras und Kräuter nur kümmerlich gediehen.

Nach Monaten spazierten wir durch einen wunderschönen, riesengroßen Park, einen Park, dessen sich der reichste König nicht zu schämen brauchte, einen Park wie ein kleines Fürstentum, mit Hügeln und Tälern, Teichen und Tempeln, Rosenlauben und Wiesen.

»Vater,« fragte Roswitha, »wenn der Mann, dem dieser Park zugehört, dir ihn abverkaufen wollte – kauftest du ihn denn?«

»Nein,« versetzte ich mit großer Klarheit. Ich wußte wohl, warum.

»Aber wenn er ihn dir schenken wollte – nähmst du ihn denn?«

»Ja,« versetzte ich mit erhöhter Klarheit. Falsche Scham schien mir hier nicht am Platze.

»Ich auch!« rief Roswitha triumphierend. »Und weißt, was ich denn täte?«

»Hm?«

»Denn kaufte ich mir 'ne süße kleine Ziege, und die ließ' ich auf der Wiese grasen. Denn hat sie doch genug zu essen, nicht?«

»Ich denke doch.«

Wir wurden durch den Schrei eines radschlagenden Pfauen abgelenkt, und ich machte keine Anstrengungen, das verlassene Thema wieder aufzunehmen. Und Roswitha schien zu fühlen: Für heute ist es genug. Man soll nichts forcieren.

Die Lektüre seiner Kinder kann man nicht sorgfältig genug überwachen. Ich hatt' es daran fehlen lassen: Roswitha erwischte eine Geschichte mit einer Ziege darin. Es war »Heidi« von Johanna Spyri, gewiß eine nette Geschichte, wenn keine Ziege darin wäre, und wenn die nicht noch obendrein »Schneehöppli« hieße. Durch Namen fixieren wir die Begriffe, nageln wir sie in unserm Gedächtnis fest. Nun hatte Roswithens Sehnsucht einen Namen: »Schneehöppli«; nun saß die Sehnsucht fest.

»Wenn ich verheiratet bin, dann kann ich doch tun, was ich will, nicht?«

Sie nahm mein Schweigen für Bejahung.

»– und wenn ich denn Ludwig heirate, denn kauf ich mir 'ne Ziege, und die soll »Schneehöppli« heißen. Wenn ich Fritz heirate, der will drei Kinder haben; aber wenn ich Ludwig heirate, der will keine Kinder haben, denn schaff' ich uns 'ne Ziege an.«

Von Zeit zu Zeit rückte der Termin des Ziegenkaufes ein tüchtiges Stückchen vor. »Wenn ich groß bin, denn kauf ich mir –« und so weiter. –

»Wenn ich nicht mehr zur Schule gehe und 'n ganzen Tag frei habe, denn kauf ich mir –« und so weiter.

Roswithens ältere Schwester Herta verdiente seit einiger Zeit Geld. Das kam so. Meine Frau und ich sind übereinstimmend der Meinung, daß selbst eine sauber gespielte Sonate von Beethoven und die Fähigkeit, »Comment vous portez-vous« und »I am very glad to see you« und solche gebildeten Dinge zu sagen, für den Lebenskampf eines Weibes nicht ganz ausreichen. Unsere Töchter lernen deshalb einen richtigen Beruf, und Herta interessierte sich lebhaft für den Haushalt. Sie trat bei ihrer Mutter in die Lehre und mußte von der Pike auf dienen, wenn man das Gerät, mit dem der Fußboden gescheuert wird, eine Pike nennen kann. Sie bekam den Namen »Minna«, wurde mit »Sie« angeredet und erhielt fünfzig Taler Lohn pro anno, und abgesehen davon, daß sie öfters der Herrschaft gegenüber einen etwas vertraulichen Ton anschlug und gelegentlich den Hausherrn küßte, füllte sie ihre Stelle redlich aus.

»Wenn ich so groß bin wie Herta,« sagte Roswitha, »denn dien' ich auch bei euch, und denn verdien' ich auch Geld, und denn kauf ich mir 'ne Ziege.« Sie mochte sich vorstellen, daß eine Ziege so einige tausend Mark koste, und wir hüteten uns schwer, dieses wohltätige Dunkel aufzuhellen.

Gelegentlich vertauschte Roswitha die direkte Methode mit der indirekten. Sie redete dann nicht zu den Eltern, sondern zu den Geschwistern von Ziegen, natürlich nur, solange mindestens eines der Eltern in Hörweite war. Sie schilderte in lebendigen Farben das Werden und Wachsen, das Leben und Treiben, das Springen und Meckern – kurz: der Ziegen über alles bezaubernde Schönheit und Anmut. Gelegentlich streifte mich von unten herauf ein forschender

Blick, den ich auch dann sah, wenn ich sie nicht anblickte, den ich mit jenen Augen wahrnahm, die man im Rücken und an beiden Seiten hat.

Als einmal wieder die Weihnacht nahe war, kam es zu einem kleinen Vorpostengefecht. Roswitha wurde nach ihren Wünschen gefragt.

»Mein höchster Wunsch ist ja natürlich 'ne Ziege; aber –«

»Aber, Liebling,« rief meine Frau, »wie sollen wir denn hier in der Stadt eine Ziege halten! Wenn wir so ein Tierchen anschaffen, muß es doch auch sein Recht haben! Wo sollen wir's denn unterbringen!«

»Hm,« machte Roswitha mit nachdenklichem Gesicht, »in der Küche kann sie ja nicht sein.«

»Nein,« erklärte meine Frau entschieden, »in der Küche kann sie nicht sein!« Dieser Versuchsballon war geplatzt.

»Das arme Tierchen würde sich gar nicht wohl fühlen bei uns,« versicherte meine Frau.

Damit hatte sie die richtige Stelle in Roswithens Herzen getroffen. Nein, wenn es sich nicht wohl fühlte, dann ging's nicht, das sah sie ein, sah sie wenigstens für einige Monate ein. Länger dauern menschliche Einsichten ja selten, weil inzwischen das Zuckerrohr der Wünsche wieder mächtig herangewachsen ist.

Unglücklicherweise mußte sie über den Robinson geraten. Hatte Heidi eine Ziege gehabt, so hatte Robinson eine ganze Insel voll wilder Ziegen, aus denen er sich nur aussuchen konnte. Ich bin überzeugt, der arme Verschlagene erschien ihr als der beneidenswerteste der Menschen, weil er in Ziegen förmlich schlampampen konnte.

Und dann kaufte ich ein Haus auf dem Lande, und noch eh' wir's beziehen konnten, fuhren wir täglich hinaus und erquickten uns an der frischen, unverbildeten Natur, an den duftenden Hainen und Hecken, an den saftiggrünen

Wiesen, auf denen man endlich einmal wieder unbekleidetes Rindvieh sah. Und endlich nahmen wir Besitz von dem Hause und dem stattlichen Garten, der vier mehr oder minder ansehnliche Rasenplätze aufwies. Wenn Roswitha jetzt mit ihren Geschwistern von Heidi, Robinson, Polyphem und ähnlichen Glückspilzen sprach, dann hatten ihre Blicke etwas Bohrendes, Sengendes; sie gingen durch Rock und Hemd bis auf die Haut, wie die Sonnenstrahlen aus einem Brennglas.

Um ein Ende zu machen, schenkten wir ihr einen Dackel namens Männe. Einen Hund zu beherbergen, zu pflegen und zu zügeln, dazu reichten unsere Erfahrungen und tierpädagogischen Talente allenfalls aus. Dieser Dackel verschaffte uns endlich Ruhe. Das klingt zwar widerspruchsvoll, ist aber doch richtig; die Seele hatte Ruhe.

Ruhe für ein Jahr und fünf Monate. Dann wurde uns klar und klarer, daß Hunde nur als eine Abschlagszahlung auf Ziegen anzusehen sind. Vielmehr: Roswitha betrachtete Männe nur als die Summe der aufgelaufenen Zinsen; der Wechsel war so unbezahlt wie je.

Ein Unglücksbengel aus dem Dorfe mußte ihr eines Tages erzählen, er könne ihr eine kleine Ziege für eine Mark fünfzig verkaufen.

Aufgelöst kam Roswitha nach Hause.

»Vater! Mutter! 'ne Ziege kostet bloß eine Mark fünfzig! Ich hab' ja fünf Mark in mei'm Spartopf; darf ich mir eine holen?«

»Liebe Roswitha, es ist nicht wegen der Mark fünfzig; eine Ziege braucht doch auch einen ordentlichen Stall, und den haben wir nicht, können wir in unserm Garten auch gar nicht anbringen.«

Damit war auch dieser Angriff abgeschlagen.

Eine Woche später, auf einem Spaziergange, zwang sie

mich plötzlich, meinen Schritt anzuhalten.

»Vater, möchtest du dies Haus haben?«

»Nicht geschenkt!« versetzte ich mit Nachdruck. Es war eine sogenannte »Villa« im denkbar schauerlichsten Maurermeisterstil.

»Ich möcht' es haben!« hauchte sie sehnsuchtsvoll.

»Nanu?« rief ich. Ich sah mir unwillkürlich den Zementphantasieschrank noch einmal an. »Warum denn?«

»Dahinter ist 'n Stall,« sprach sie andachtsvoll.

Das Verhängnis ging seinen Gang wie in einem Schicksalsdrama. Nachbarkinder, mit denen Roswitha gelegentlich spielte, bekamen eine Ziege zum Geschenk.

Das hatte ein Gutes: wenn Roswitha weder im Hause noch im Garten zu finden war, wir brauchten uns nicht zu ängstigen, wir brauchten nur zu der nachbarlichen Ziege zu gehen, da war sie. Sie mußte von der Ziege weg zum Essen, sie mußte von der Ziege weg ins Bett geschleift werden.

Und eines Morgens beim Frühstück begann sie:

»Vater, ich weiß was. Unten im Keller haben wir doch so 'ne große Bücherkiste, nicht?«

»Ja!«

»Da machen wir einfach 'ne Tür hinein, und denn ist das 'n Ziegenstall.«

Da riß mir die Geduld.

»Roswitha,« sagte ich ernst, »nun hörst du endlich auf mit deiner Ziege, nun hab' ich's satt. Du bekommst keine Ziege, und damit basta. Schrumm!«

»Schrumm« hätte ich vielleicht nicht sagen sollen; es paßt nicht in den Ernst eines Ultimatums.

Aber die Absage wirkte. Roswitha sprach weder von Stall noch Ziege mehr, nicht einmal andeutungsweise, nicht einmal zu den Geschwistern. Sie ging fortan still einher, aber nicht etwa traurig, nicht etwa gedrückt, nein, nur mit der stolz zusammengerafften Kraft eines Entsagenden, der das Unvermeidliche trägt, weil es getragen werden muß, und sich für die verlorenen Freuden der Welt durch gesteigertes Innenleben entschädigt.

Es war ja vielleicht etwas hart von mir, ihr die Erfüllung ihres sehnlichsten Wunsches zu versagen. Aber meine Frau sowohl wie ich haben nach Begabung und Lebensgang so entsetzlich wenig mit Viehzucht gemein, daß wir uns geradezu davor fürchteten, uns so ein Geschöpf auf den Hals zu laden. Und schließlich soll man seinen Kindern doch auch nicht jeden Wunsch erfüllen. Sie werden ja schon ohnedies viel zu sehr verwöhnt. Es kann ihnen gar nichts schaden, wenn sie einmal mit ungestümer Nase gegen eine verschlossene Tür rennen. Das Leben wird ihnen mehr solcher Türen zeigen. Roswitha schien durch ihren Verzicht gesetzter, ihre Augen, ihr ganzes Gesicht schien seelenvoller geworden zu sein.

Meine Frau und ich kamen spät in der Nacht aus fröhlicher Gesellschaft heim und wollten uns eben zur Ruhe begeben, da sahen wir auf dem Nachttischchen einen Brief liegen. Auf dem Umschlag stand: »An Mammi und Pappi« von Roswithens Hand. Wir öffneten und lasen gemeinsam:

»Meine süßen geliebten Wonne-Eltern bitte bitte schenkt mir doch eine ganz kleine Ziege, ich will auch gar nichts zu meinem Geburztag und zu Weinachten haben und ich will mir auch schrecklich Mühe in der Ortografi geben, Du sollst sehen, Mammi, wenn ich groß bin, schreib' ich gans richtich, und ich will auch ein guter Mensch werden und garnicht mehr heftig und jezornig sein. Ich bitte euch so schrecklich, schenkt mir 'ne Ziege, wenn Mutti mich unterrichtet denk ich immer blos an die Ziege. Tausend Billionen Küsse von eurer

Roswitha.«

Was soll ich weiter sagen – am nächsten Morgen bewilligten wir die Ziege. Die Wirkung war von ungeahnter Art. Roswitha wollte auf uns zueilen; aber plötzlich warf sie sich auf einen Stuhl und brach in ein herzbrechendes Schluchzen und Wimmern aus.

Entsetzt liefen wir hinzu: »Was ist denn? Was fehlt dir, Kind?«

»Uuhuhuhuu, ich freu' mich so – ich freu' mich so, uuhuhuhuuu!«

Solange sie um ihre Ziege gerungen hatte, hatte sie nie – das mußte man ihr lassen – hatte sie nie versucht, durch Tränen auf meine Stimmung zu drücken. Jetzt brach die aufgestaute Flut mit Allgewalt hervor.

Sobald sie sich beruhigt hatte, machte sie sich auf den Weg, um den Jungen mit der Fünfzehn-Groschen-Ziege zu suchen. Sie fand ihn auch, und er verpflichtete sich hoch und heilig, am folgenden Tage die Ziege zu liefern. Wenn die folgende Nacht ihr die Wiesen des Traumes zeigte, so waren sie gewiß alle, alle voll Ziegen.

Der folgende Tag kam, aber mit ihm kein Junge und keine Ziege. Sie harrte geduldig bis in den sinkenden Abend und sagte dann: »Na, er hat wohl keine Zeit gehabt: er kommt morgen gewiß; er hat es mir ganz fest versprochen.«

Allein der meineidige Bube kam auch am folgenden Tage nicht. Roswitha suchte ihn durchs ganze Dorf, viele Stunden lang, aber vergebens; nach seiner Wohnung hatte sie im Taumel der Freude nicht gefragt. Sie ging schweigend zu Bett; aber als meine Frau sie in der Frühe weckte, war ihr Kopfkissen naß von Tränen.

»Hast du heute nacht geweint, Kind?« fragte die Mutter.

»Ich weiß nicht,« antwortete Roswitha. Sie wußte es wirklich nicht.

Inzwischen war ein provisorischer Stall gezimmert worden, und es war die Nachricht eingetroffen, ein Bauer im Dorfe habe Ziegen zu verkaufen. Da zogen Herta, Roswitha und Männe mit einem Blockwagen aus, um eine Ziege zu suchen, und fanden ein Königreich. Eine gute halbe Stunde später – Männe als Läufer mit fliegender Zunge vorauf – hielt Höppli (so wurde er der Kürze wegen genannt), von den beiden Mädeln gezogen, im Triumphblockwagen seinen Einzug. *Seinen* Einzug; Höppli war nämlich ein kleiner Bock.

Ich muß gestehen, daß mich bald ein Reuegefühl über meine lange, hartnäckige Weigerung ergriff. Es war ein schneeweißes und wirklich allerliebstes Tierchen; Roswitha hängte ihm ein seit Jahren bereit gehaltenes, gesticktes Halsband mit einem Glöckchen um, und in seinen Sprüngen war der ganze, entzückend ahnungslose Humor eines jungen Mannes. Und wenn Roswitha das Tierlein auf den Schoß nahm und ihm die Saugflasche gab, und Männe die vorbeifließenden Tropfen leckte, dann versammelte sich nicht nur die ganze Familie zu dieser feierlichen Handlung, nein, die Leute auf der Straße blieben staunend stehen und riefen: »Nein, wie ist das reizend!« Dann sprang Roswithas Herz genau wie das Böcklein.

Wenn aber Höppli durch die Straßen spazieren sprang, dann folgte ihm ein Ehrengeleite von 23 Nachbarskindern, ganz wie bei einem Kaiser oder König, und besonders dekorativ wirkte Peter Petersen in Helm und Panzer der Gardekürassiere und mit dem Daumen im Munde. Höppli war die Sensation der Straße, war der Clou der Saison, und als das 23er-Kollegium erklärte, Höppli sei noch viel schöner als jene Nachbarsziege, die inzwischen eine alte Ziege geworden war, da stand Roswitha auf dem Gipfel ihres Glückes.

Indessen: Roswitha hatte täglich drei oder vier Stunden Unterricht bei der Mutter, mußte außerdem Klavier spielen, gelegentlich zum Turnen oder Zeichnen gehen und auch sonst allerlei außer dem Hause besorgen. Es fiel Höppli nicht im Traume ein, sich das stillschweigend gefallen zu lassen; er verlangte Gesellschaft. Zwar widmete Männe sich ihm mit der weisen Nachsicht und Güte eines gereiften Pädagogen; aber Höppli verlangte Damengesellschaft. Und wenn die nicht da war, so begann er augenblicklich in Zwischenräumen von vier Sekunden zu meckern. Das fanden wir während der ersten zehn Minuten furchtbar komisch, während der zweiten langweilig, während der dritten lästig und während der vierten zum Rasendwerden. Und Höppli wuchs, und mit ihm wuchs seine Stimme. An der Hand meines Chronometers stellte ich fest, daß er 15 mal in einer Minute meckerte, das macht in der Stunde 900; wenn man täglich nur sechs Stunden des Alleinseins rechnete, für den Tag 5400, für die Woche 37 800 mal.

Die Klavierstunden mußten abgebrochen werden; ein Musizieren war natürlich nicht möglich. Meine Frau mußte mit ihrer Schülerin in den bombenfesten Vorratskeller flüchten. Ich zog mich, um arbeiten zu können, ins hintere Turmzimmer zurück, allein vergeblich; wenn ich auch physisch kein Meckern vernahm, mein inneres Ohr hörte pünktlich jede vierte Sekunde ein deutlich vernehmbares »Mäh!« Drei lyrische Produkte dieser Zeit kamen tot zur Welt; ein Roman starb als Embryo, ein Trauerspiel bereits im Keime. Nicht jeder Bocksgesang wird zur Tragödie: das hatte ich schon vorher an der erotischen Dramatik unserer Tage wahrgenommen.

Aber das alles war noch Kinderspiel. Hübsch wurde es erst, als die Nachbarschaft – und mit Recht – sich empörte. Der Nachbar zu unserer Linken holte sein Grammophon, das er mir zu Gefallen eingewickelt hatte, wieder hervor, stellte es ans offene Fenster und ließ es zehnmal stündlich »Das Herz am Rhein« singen. Ein anderer brannte

31

allabendlich Kanonenschläge ab, die sehr gut gearbeitet sein mußten. Ein dritter, der ein fabelhaft stimmbegabtes Baby hatte, stellte es in seinem Kinderwagen hart an den Zaun meines Gartens. Es schrie etwas abwechslungsvoller als der Ziegenbock, und das erfrischte vorübergehend; aber auf die Dauer wurde es doch eintönig und so lästig, daß ich verzweiflungsvoll zu meiner Frau sagte:

»Jetzt haben wir uns gefreut, daß wir kein Babygeschrei mehr um die Ohren haben; aber wenn's doch den ganzen Tag brüllt, dafür können wir selbst eins haben!«

»Ja,« sagte meine Frau.

Ich hätte ja das Tier während der Nacht heimlich wegbringen und am Morgen sagen können, es sei entlaufen; aber vor den Augen eines Kindes Komödie spielen – das ist schwer und schlimm. Es war auch nicht nötig: Roswitha hatte bereits eingesehen, daß Höppli sich durch sein Benehmen unmöglich mache. Eine ihrer Freundinnen erklärte sich mit Freuden bereit, das Böcklein zum Geschenk zu nehmen – kein Augenblick meines Lebens hat mich freigebiger gefunden. Unverzüglich wurde Höppli zur Bahn befördert; wer schnell gibt, gibt doppelt.

Als aber durch den Novembernebel von weitem das Weihnachtsfest herandämmerte, da schrieb Roswitha auf ihren Weihnachtswunschzettel:

> Ein Kaleidoßkob.
> Ein Indianer-Anzug.
> ××××××Das Versprechen, das ich im
> Sommer wieder auf 14 Tage
> eine Ziege haben darf.

(Die sieben Kreuze sollten diesen Wunsch entsprechend hervorheben.)

Ueber eines bin ich vollkommen beruhigt: Dieses Kind wird in seinem Leben etwas erreichen, wenn auch vielleicht keine vollkommen tadellose Orthographie.

Und über noch eines bin ich mir vollkommen klar: Sie ist ein Weib. Wenn es nicht ohnedies feststünde – ihr Kampf um die Ziege macht ihre Weiblichkeit evident. Ich habe erwogen, ob ich diese kleine Geschichte nicht überschreiben solle:

»*Die Ziege*« oder »*Das Weib*«.

In Roswithen ist jenes Weibliche der Lady Macbeth, das einen rauhen Kriegsmann herumkriegt, jenes Weibliche der Gräfin Terzky, das ein Loch in einen Wallenstein bohrt, jenes Weibliche der Kriemhild, das einen Attila bezwingt. Gewiß: Roswithens gutes, weiches Herz wird niemals zum Hochverrat, wird niemals zum Königs- und Burgundenmord aufstacheln; aber »formal« ist sie eine Lady Macbeth. Natürlich ist ihre Weibnatur noch unentwickelt. Sie würde noch unumwunden zugeben, daß sie sich sehnlichst eine Ziege gewünscht habe. Ein vollkommenes Weib wird sie erst dann sein, wenn sie auf die entsprechende Vorhaltung weit aufgerissenen, starr blickenden Auges und nach zehn Sekunden staunenden Verstummens ausrufen wird:

»*Ich* mir eine Ziege gewünscht? *Ich*? Aber keine Idee, Liebling! Wie kommst du nur darauf?!«

Die späte Hochzeitsreise

Als sie sieben Jahre verheiratet waren, machten sie ihre Hochzeitsreise. Es ging nicht eher. Sie hatten nämlich geheiratet, als er ein Einkommen von fünfzehnhundert Mark jährlich hatte. Das kann man Frechheit nennen; man kann es aber auch Liebe nennen. Zwar erhielt er nach etwa einem Jahr ein Schriftstellerhonorar, für das sie hätten reisen können, wenn nicht ein Kind gekommen wäre und sofort die Hand auf dieses Geld gelegt hätte. Im nächsten Jahre aber gelang es ihm, als Vorleser bei einem alten Herrn einen hübschen Nebenverdienst zu erwerben, der gerade für das zweite Kind reichte. Da fiel ihm im dritten Jahre ein Preis für eine wissenschaftliche Arbeit zu, für den sie sicher eine Reise gemacht hätten, wenn das diesjährige Kind das Geisteskind nicht aufgewogen hätte. Die nächsten zwei Jahre brachten keinen Nebenverdienst und nur ein Kind.

Als er dann aber zum zweiten Male einen Preis errang und als sein Gehalt um zweihundert Mark erhöht wurde, und als ihre Ehe schon zwei Jahre lang unfruchtbar gewesen war, da beschlossen sie, für dreihundert Mark eine Reise nach Thüringen zu machen.

»Deutschland ist das Herz Europas«, das hatte er als kleiner Junge in der Schule gehört. Es klang etwas anmaßend; aber ein Deutscher mocht' es immerhin glauben. Thüringen mußte nach allem, was er davon gehört und in Bildern gesehen hatte, das deutscheste Land der Deutschen, mußte das Herz des Herzens sein. Und dort zog es die beiden hin.

Siebenundfünfzig Abende hindurch arbeitete er an den Plänen, und bei allem mußte er denken: Was wird sie für Augen machen, wenn sie das sieht! Hätte er alle Genüsse dieser Gedankenreise bezahlen müssen – ein langes Leben voll Arbeit hätte nicht gereicht, die Zinsen dieser Schuld zu erzwingen. In den letzten Tagen ging er wirklich daran, die Kosten zu berechnen. Da fand sich, daß, wenn er sehr sparsam zu Werke gehe, etwa ein Zehntel seiner Pläne verwirklicht werden könne.

Und in den letzten Tagen wurde sein tapferes Weibchen feige. Der Junge hatte so heiße Wangen, und das Jüngste habe in der letzten Nacht einmal gehustet. Ihr Herz konnte sich nicht von den Kindern lösen. Er stellte ihr vor, wie sehr sie einer Erholung bedürfe – das verschlug gar nichts. Da spielte er mit roten Backen und glänzenden Augen den vollständig Abgespannten, Uebermüdeten, Niedergebrochenen. »Es gibt für eine Familie keine bessere Kapitalsanlage als die sorgfältigste Pflege des Ernährers,« machte er ihr klar. Das sah sie ein. Der Abschied von den Kindern, die unter der Obhut ihrer Schwester blieben, war nichtsdestoweniger noch eine Katastrophe und erschien ihr wie bethlehemitischer Kindermord.

Aber in der Eisenbahn wurde sie völlig anderen Sinnes. Es ist etwas Eigenes um die Eisenbahn. Sie hat etwas Fortreißendes, Unerbittliches, Unwiderrufliches. Aussteigen während der Fahrt ist bei Schnellzügen nicht anzuraten, und so findet man sich schnell in das Unabänderliche. Auch sie erfaßte nun der ganze, springende Jubel des Losgebundenseins, der den Reisebeginn zu einer so unvergleichlichen Freude macht, und die beiden benahmen sich wie ausgerissene Schulkinder. Zwei Minuten lang saßen sie rechts, drei Minuten lang links; fünf Minuten lang fuhren sie vorwärts, vier Minuten lang rückwärts; bald saß sie auf seinem Schoß, bald er auf ihrem, bis sie ihn aufstöhnend fortstieß: »Uff, geh' weg, du dicker Mensch!« – Dann lachten sie, dann küßten sie sich, dann tanzten sie, dann küßten sie sich wieder, kurz: es war ein großes Glück, daß sie das Abteil ganz für sich allein hatten.

Als der Zug zum ersten Male hielt, öffnete ein Mann die Tür und machte Miene einzusteigen. Das Gesicht der jungen Frau zeigte grenzenlose Ueberraschung, wie wenn jemand ungerufen bei einer Königin eingetreten wäre; seine Augen aber schleuderten Blicke, die auch der eingefleischteste Optimist nicht als Einladung auffassen konnte. Ueber das Gesicht des Fremden huschte ein lächelndes Verstehen: Aha – Hochzeitsreisende! Er schloß die Tür und suchte sich einen andern Platz.

»Das ist ein guter Mensch!« sprach sie mit frommer Rührung.

»Ein vornehmer Charakter,« bestätigte er.

Aber als sie weiterfuhren, kamen sie in eine Gegend mit gemeinen Charakteren, die einstiegen und lange sitzen blieben. Wann werden wir endlich Kupees für Hochzeitsreisende haben!

Auf dem Bahnhof einer großen Station nahmen sie das Mittagsmahl ein. Suppe, Fisch, Braten und Pudding für eine Mark fünfundsiebzig. Er betastete das dicke Portemonnaie in seiner Tasche und bestellte eine halbe Flasche Mosel.

»Hast *du* dir das jemals träumen lassen, daß wir noch einmal wie die Fürsten dinieren würden?« flüsterte er ihr ins Ohr.

»Nein!« sagte sie mit langsamem Kopfschütteln und blickte träumend über ihr Glas hinweg ins Weite.

Er kam sich vor wie ein Parvenu und gelobte sich, seinen Wohlstand mit Geschmack zu tragen.

Die Nichtswürdigkeit der Bevölkerung schien mit dem Quadrat der Entfernung zu wachsen; bald saß das ganze Kupee voll, und draußen im Schatten waren es dreißig Grad. Zwei dicke Bauernweiber saßen da in dicken Wollkleidern und die Köpfe in dicke Wolltücher gewickelt; sie wollten nicht dulden, daß ein Fenster geöffnet werde. Darüber geriet ein cholerischer Herr in die größte Aufregung; aber unser Paar vermochte kein Mitgefühl für ihn aufzubringen; denn erstens: warum war er eingestiegen? und zweitens: wie kann man sich ärgern, wenn man durch lauter Sonne fährt, wenn man sozusagen geradeswegs in die Sonne hineinfährt?

So kamen sie nach Eisenach, und bevor sie ein Hotel suchten, suchten sie mit ihren Blicken die Wartburg. Da ragte sie aus Waldwipfeln empor ins Abendlicht. Welcher Deutsche sucht nicht schon in Kindertagen mit den Augen der Seele die Wartburg? Von weitem hörten sie die Stimme Walthers von der Vogelweide und Wolframs von Eschenbach, sahen sie das stille Gemach des Bibelübersetzers und sahen sie die flammenden Feuer der Burschenschaft wie brausenden Aufschwung junger Herzen in altgewordener, bittertrauriger Zeit.

Und tief enttäuscht waren sie, als sie am folgenden Tage mit vielen andern durch die Räume der Burg geführt wurden und der »Führer« in schauderhaftem Deutsch allerlei ungewaschenes, unnützes Zeug schwatzte. Warum gab man den Besuchern nicht einen Zettel mit dem Nötigsten in die Hand? Wenn man ihnen schon ein Notwendiges zum Schauen nicht gewähren kann: Einsamkeit, warum gewährt man ihnen nicht wenigstens das Notwendigste: Schweigen? Wer spricht denn laut, wenn Wolfram singt und Dr. Martinus sinnt? Und wenn zwei Liebende das Geschenk solcher Stunden mit einem einzigen, einem verdoppelten Herzen empfangen, und wenn eines von ihnen, in der Furcht, es möchte dennoch dem andern ein Hauch des Glückes entgehen, den Mund auftun muß, wird er nicht flüstern vor der Gegenwart des Vergangenen? Wie wenig, deutsches Volk, kennst du deine Schätze, wenn du sie nicht besser zu zeigen verstehst!

So waren sie nicht in der Wartburg, als sie drinnen waren; erst als sie wieder bergab stiegen und zwischen grünem Laub nach ihr zurückschauten, da lag sie wieder vor ihnen im Morgenrot der Sage, da wagten sie wieder einzutreten und ein Jahrtausend lang durch ihre Räume zu wandeln.

Und Gott sei Dank! Vor dem Denkmal Johann Sebastians störte niemand den Zwiegesang ihrer Herzen, mischte sich niemand ein, als sie entrückten Ohres singen hörten: »Kommet, ihr Töchter, helft mir klagen« und »Wir setzen uns mit Tränen nieder«.

Auf dem Markte kauften sie Kirschen, und am Abend saßen sie am offenen Fenster ihres Hotelzimmers, sahen den Mond aus dem Hörselberge hervorsteigen und schoben die besten Kirschen, die sie fanden, einander in den Mund. Oder sie faßte den Stiel einer Kirsche mit den Zähnen, und er pflückte mit dem Munde die Frucht von ihren Lippen.

»Sind wir nicht viel zu verliebt für so alte Eheleute?« fragte sie furchtsam.

»Wenn du noch einmal so etwas sagst, benehme ich mich gesetzt,« drohte er.

»Hast du mich noch so lieb wie vor sieben Jahren?« fragte sie, die Hände auf seine Schultern legend.

»Siebenmal so toll,« sagte er. »Und so wird es weiter wachsen mit den Jahren.«

»Allmächtiger!« rief sie erschrocken. Aber dann schmiegte sie sich in seinen Arm und fragte: »Glaubst du, daß schon jemals ein Paar eine so schöne Hochzeitsreise gemacht hat?«

»Nie!« versetzte er mit vollkommener Bestimmtheit. Und er mußte wieder sinnend in die Vergangenheit blicken, die im Mondlicht auf den Bergen lag. Er machte eine Hochzeitsreise! Mit voller Börse! An der Seite eines solchen Weibes sah er Thüringen, die Wartburg, sollte er Weimar sehen, Weimar! Und jetzt, in diesem reizenden Hotelzimmer, saß er mit ihr allein am Fenster! Bei solchem Mondschein! Und aß die schönsten Kirschen! Du lieber Gott, wie viele Menschen gab's denn, denen *das* zuteil wurde!

»Und es ward aus Abend und Morgen ein Tag«; wer immer im Rausch ist, der bedarf kaum des Schlafes; sie nippten vom Schlaf wie Vögel aus dem Bach: ein Tröpfchen und husch – davon! Es war nicht ein Rausch wie vom Wein, nein: viel leichter und darum viel seliger, ein Luftrausch, ein Lichtrausch, ein Lebensrausch. Sie entschlummerten spät unter halbgeträumten Worten, und ihr frühes Erwachen war nur ein anderer Traum.

Freilich, im Lichtrausch kann man sich übernehmen, wenn es sich um physisches Licht handelt: das sollten sie erfahren. Sie hatten sich beim Frühstück verspätet – es plauschte sich so unendlich gut mit ihr beim Morgenimbiß – und machten sich erst um neun auf den Weg. Alles, wessen sie auf ihrer kurzen Reise bedurften, führten sie mit sich; eine strotzende Reisetasche hatte er sich umgehängt; ein Köfferchen trugen sie bald gemeinsam, bald trug er's allein. Sie hätten es wohl mit der Post vorausschicken können; aber man mußte sparsam sein. Es war eine seiner Schwächen, daß er sich ein Talent zum Sparen einbildete. So schritten sie schlank ein munteres Tal hinauf, ein Tal voll blinkender Wasser unter hängendem Gezweig, voll moosiger Felsen und blitzender Schwalben, ein Tal voll Sonntag. Die Burschen standen im Sonntagsputz vor den Türen zusammen und schmauchten mit feiertäglicher Umständlichkeit; die Mädchen schafften noch an Herd und Brunnen, im Gang und im Blick schon den kommenden Tanz. Was Wunder, daß unser Paar alsbald zu singen begann. Und was anders konnten sie singen als:

> »Ich hört' ein Bächlein rauschen
> Wohl aus dem Felsenquell,
> Hinab zum Tale rauschen

So frisch und wunderhell«

und

»Eine Mühle seh' ich blinken
Aus den Erlen heraus,
Durch Rauschen und Singen
Bricht Rädergebraus«

und das seltsame Lied mit der wundersamen Stelle:

»Und da sitz' ich in der großen Runde,
In der stillen, kühlen Feierstunde,
Und der Meister spricht zu allen:
Euer Werk hat mir gefallen«

ein Lied, das aus der Werkstatt kommt und wie aus einer
Kirche klingt und uns mit unbegreiflichem Zauber
offenbart, daß Arbeit Schönheit und daß Ruhe nach der
Arbeit ein frommer Gesang ist. Nie begreift, wer es aus
solchen Liedern nicht begreift, daß es ein eigenes Ding ist
um das deutsche Vaterland. Ja, sie waren altmodisch, diese
beiden Hochzeitsreisenden; sie sangen Franz Schubert und
Wilhelm Müller, die man in unseren Konzerten kaum noch
hört, weil sie nicht neu genug sind. Hier waren ihre Lieder
jedenfalls neu; hier sprangen sie plätschernd aus dem Stein
hervor; hier wuchsen sie ihnen von jedem Zweig wie
Kirschen in den Mund; hier sang sie jeder Vogel, und jeder
Fels hallte sie wider. Da, vor dem Tor am Brunnen, stand
der Lindenbaum, und da – horch:

»Von der Straße her das Posthorn klingt!
Was hat es, daß es so hoch aufspringt,
Mein Herz?«

Und als der siebenjährige Ehemann im Walde sang:

40

»Durch den Hain, durch den Hain
Schalle heut *ein* Reim allein:
Die geliebte Müllerin ist mein, ist mein!«

da klang es so merkwürdig, daß die zwanzig Schritt vor ihm
herwandelnde Geliebte stehen bleiben und sich nach ihm
umschauen mußte, obwohl sie nie in ihrem Leben Müllerin
gewesen war. Er aber machte die zwanzig Schritt in dreien,
warf den Koffer ins Moos und gab ihr einen einzigen Kuß,
der aber unter Verliebten seine zwölfe wert war.

»O Kuß in eines Walds geheimstem Grund!
Fernoben über Wipfeln rauscht die Welt
Und weiß es nicht, daß unten, Mund auf Mund,
Zwei Welt- und Selbstvergessene versinken!
Der Lippen Duft wie junges Tannengrün,
Und tief im trunken-stillen Blick ein Licht,
Das hoch herab von heiliger Wölbung fällt!
O sternendunkler Abgrund, ende nicht
Und laß uns ewig deine Dämm'rung trinken –«

Indessen: der Abgrund tat ihnen nicht den Gefallen; sie
traten aus dem Hain auf eine Chaussee. Chausseen können
sehr schön sein, wenn sie wollen; aber gewöhnlich wollen
sie nicht. Es war Mittag geworden, und bis zu dem Orte, wo
sie die Eisenbahn erreichen wollten, waren es noch zwei
Stunden. Nach ungefährer Schätzung mußten es jetzt einige
Grade über dreißig im Schatten sein; aber das interessierte
hier um deswillen nicht, weil die Chaussee keinen Schatten
hatte. Immerhin konnte man, wenn man nicht kurzsichtig
war, das Ende der Landstraße absehen, und dann –
überhaupt: konnte man *sie* mit Sonnenschein schrecken?
»Sonne ist gerade was Feines,« riefen sie und schritten mit
höhnischem Trotz in den Zügen fürbaß. Sie schätzten die in
weißglitzerndem Lichte vor ihnen liegende Straße auf eine
gute Viertelstunde; aber man unterschätzt diese

Landstraßen. Nach einer guten halben Stunde erreichten sie das Ende; aber dieses Ende war ein neuer Anfang.

>So knüpfen ans fröhliche Ende
Den fröhlichen Anfang wir an«

sang er, und sie schritten weiter. Vorsichtiger geworden, schätzten sie das vor ihnen liegende Stück auf eine kleine halbe Stunde; aber man unterschätzt diese Landstraßen. Nach dreiviertel Stunden kamen sie endlich ans Ende; aber dieses Ende war ein neuer Anfang. Sie waren offenbar auf einen weiten Umweg geraten; die Augen eines jungen Weibes sind eben keine Landkarte. Sie schritten weiter; aber singen tat er nicht mehr; das Klima war der Stimme nicht günstig. Immerhin war es ein Trost, daß das Stück vor ihnen höchstens eine halbe Stunde sein konnte; aber man unterschätzt diese Landstraßen. Selbstverständlich trug der sparsame Mann schon seit langem das ganze Gepäck; aber das drückte ihn nicht; ihn drückte das Gefühl: sie überanstrengt sich. Freilich versicherte sie auf seine Fragen immer wieder lachenden Gesichts, sie fühle sich vollkommen wohl und frisch; aber das beruhigte ihn nicht; sie, die Wahrhaftigkeit selbst, konnte, wenn es ihm Beschwerden zu verbergen galt, lügen wie ein Dichter, das wußte er. Nach dreiviertel Stunden sahen sie Dächer. Ha, das Ziel! Als sie aber an das Dorf kamen, da hieß es ganz anders. Sie erfuhren, daß sie bis zu ihrem Ziel »nur« noch eine halbe Stunde zu gehen hätten. Er wollte sie überreden, in diesem allerdings wenig versprechenden Dorfe zu rasten; aber sie sagte: »Wenn ich jetzt sitze, steh' ich nicht wieder auf. Jetzt halten wir schon aus bis ans Ende.« So war sie. Wenn sie die Ausdrucksweise der Landbewohner besser gekannt hätten, hätten sie gewußt, daß diese immer nur halb mit der Sprache herauskommen. Nach einer halben Stunde sahen sie den ersehnten Ort aus der Ferne. Er vertrieb ihr und sich die Zeit mit einem anmutigen Spiel. Bei jedem fünften Schritt nickte er mit dem Kopfe, und dann fiel von seiner Stirn ein Schweißtropfen in den Sand. Eins, zwei, drei, vier, fünf – ein Tropfen; eins, zwei, drei, vier, fünf – ein Tropfen usw. Sie lachte, und so kamen sie endlich in den erstrebten Ort, in das erhoffte Wirtshaus, in die ersehnte schattige Stube und auf die in visionären Wüstenträumen erschaute Bank. So. Der Rest war Schweigen. Hier wollten sie den Rest ihrer Tage verbringen. Hier sollte man sie abholen, wenn man sie einmal begraben wollte.

Sie stützten den Kopf in beide Hände und starrten einander an wie zwei, die sich schon irgendwo einmal gesehen haben müssen. Der Kellner fragte, ob die Herrschaften etwas zu speisen beliebten.

»Trinken,« gurgelte er.

»Wasser,« sagte sie drei Minuten später.

»Mit Kognak!« fügte er nach zwei Minuten schnell hinzu.

Dann schob er ihr ein Stückchen von dem dreimal wöchentlich erscheinenden Kreisblatt zu, das auf dem Tische lag und das heute, am Sonntag, mit zwei Seiten Text und vier Seiten Anzeigen erschienen war. Er las, daß der Bauer Henneberg ein Paar Ochsen billig verkaufen wolle. Sie las, daß Dr. Miquel einen Urlaub angetreten habe. Dann las er, daß Frau Hasenbek feine Herrenwäsche übernehme. Und dann las sie, daß der Amtsgerichtssekretär Ranke in den Ruhestand getreten sei. Und dann las er wieder, daß der Bauer Henneberg ein Paar Ochsen billig verkaufen wolle; denn vordem hatte er es nicht ganz erfaßt. So saßen sie zwei Stunden lang einander gegenüber. Dann dachten sie ans Essen und erhoben sich, um sich von dem Staub der Wanderung zu befreien. Als sie zur Tür schritten, machten sie in ihren Bewegungen jenen rührenden Eindruck, den wir bei Betrachtung Philemons und seiner Baucis empfangen.

»An diesem Tage gingen sie nicht weiter.« Sie fuhren mit der Eisenbahn, und als sie in ihr Zimmer geführt wurden, erlebten sie ein Wunder. Unter ihrem Fenster, unter mächtigen Bäumen rauschte der Bach über ein breites Wehr. Da standen sie nun und waren ganz befangen von solchem Zauber. Der Niederdeutsche kennt kein rauschendes Wasser. Er hat breite, stillfließende Wasser und brüllende, donnernde Meerflut; aber er kennt nicht den ewigen Gesang rauschender Bäche, kennt nicht diese unermüdlichen Märchenerzähler des Gebirges, die von den Höhen, aus den Wäldern kommen mit immer neuer, nie gehörter Sage. Und so konnten sie sich, so müde sie waren, nicht satt trinken an diesem Gesang, aus dem sie immer und immer wieder deutliche Worte zu vernehmen glaubten, und als sie sich schon zur Ruhe gelegt hatten und sie leise vor sich hinsang:

»Was sag' ich denn vom Rauschen?«

da fiel er sogleich ein:

»Das mag kein Rauschen sein!
Es singen wohl die Nixen
Tief unten ihren Reih'n —«

und so verflocht sich ihnen der sanfte Zauber des Abends mit dem frohen Wanderglück der Frühe, und es ward aus Abend und Morgen ein andrer Tag.

Auf der nächsten Station ihrer Reise stürzten sie nach dem Postamt. Es waren Briefe da von Hause! Auch einer von ihrer Schwester! Sie riß das Kuvert auf und las. Er stand ein wenig hinter ihr und sah, wie ihr eine dicke Träne die Wange herunterlief.

»Ist was geschehen?« rief er.

»Nein, nein,« rief sie lächelnd.

Ach so! Die Schwester berichtete natürlich über die

Kinder, und da regten sich Sehnsucht, Heimweh und Gewissen im Herzen dieser neuen Medea, dieser Doppel-Medea; denn sie hatte vier Kinder! Er sagte sich, daß er als Reisemarschall diesem Rückfall durch besondere Munterkeit und ein besonders hinreißendes Tagesprogramm begegnen müsse. Sie reichte ihm den Brief; er war zur Bestätigung der Angaben der Tante von sämtlichen Kindern »eigenhändig« unterzeichnet, auch vom zweijährigen.

»Fabelhaft begabtes Geschlecht!« rief er.

Aber die Kindesmörderin aus Vergnügungssucht reagierte nicht auf seinen Scherz; sie wandte sich ab und befaßte sich eingehend mit ihrem Schnupftuch. Und – o weh! – als sie wieder ins Freie traten, da weinte auch der Himmel über seine Kinder! Und ganz im Verhältnis ihrer Anzahl! Flucht ins Hotel – das war der einzige annehmbare Gedanke.

Da saßen sie nun am offenen Fenster und freuten sich am Regen und freuten sich, wenn die Bergkuppen aus den Wolken hervordrangen und wenn sie wieder verschwanden. Es gibt Menschen, die nur klare Bergspitzen und weite Fernsichten lieben. Und es gibt Menschen, die auch zu umwölkten Höhen mit ahnender Andacht hinaufschauen, die es lieben, wenn Berge mit Wolken ringen. Solcher Art waren sie. Stundenlang schauten sie hinein in das wogende Grau, das ihren Augen nichts weniger war denn ein Einerlei. Sie hatte leise ihre Hand in die seine gelegt; da mußte er daran denken, wie sie an jedem Abend seine Hand suchte, bevor sie entschlummerte. Er erhob sich, ging an den Tisch und begann zu schreiben. Nach einiger Zeit kam er mit einem Blatt zu ihr und sagte: »Ich hab' was.«

»Ja?!« rief sie leuchtenden Auges. Sie wußte, was er habe; sie schmiegte sich in seinen Arm, und er las:

Was Ortrun sprach

45

Gib wie immer deine liebe Hand,
Eh' ich eintret' in des Schlummers Land.
Sollst im Dunkel mir zur Seite stehen,
Mit mir durch des Traumes Garten gehen.

Sieh', das ist das Süßeste vom Tag,
Daß ich deine Hand noch fassen mag,
Wenn des Tages Aengste von mir sinken
Und des Schlummers milde Schatten winken.

»Meine Zuflucht,« klingt in mir ein Wort,
»Meine Zuflucht,« klingt es immerfort.
Alle, die dich lieben, die dich hassen,
Endlich müssen sie dich *mir* nun lassen.

Deine Hand nur fühl' ich noch allein;
Alles andre mag verloren sein.
Ach, in mancher Nacht war mir's verliehen,
Dich im Traum mit mir hinwegzuziehen:

Aus den Lippen noch ein Wort vom Tag –
Leise dann des Traumes Flügelschlag –:
Schon mit dir in schweigendem Umschlingen
Hört' ich ewig-stumme Sterne singen.

Und in fernen Himmeln noch empfand
Ich den leisen Druck der teuren Hand
Wie ein volles, heiliges Umfassen:
»Schreite fest, ich will dich nicht verlassen.«

Soll mir deine Hand erhalten sein,
Tret' ich gern in jedes Dunkel ein;
Muß es doch nach allen Schrecken bringen
Einen Traum, in dem die Sterne singen. –

Er schwieg und fragte dann zärtlich: »Ist es so?«

»So ist es,« sagte sie leise, ihm voll in die Augen blickend. »Woher wißt ihr's nur, ihr Dichter, ihr Schrecklichen?«

Als er nun sah, daß er ihr Herz getroffen hatte, da ergriff ihn das Lyriker-Delirium. Der gewöhnliche, friedliche Bürger hat keine Vorstellung von dem Freudenwahnsinn, der den Menschen ergreift, wenn er meint, daß ihm ein Lied gelungen sei. Ein Lyriker mag mit Bühnenwerken die reichsten Lorbeeren errungen, er mag für seine Romane alles empfangen haben, was die Mitwelt zu geben vermag; er mag als Staatsmann ein Reich gegründet, als Feldherr ein Dutzend Schlachten gewonnen und als Erfinder einen vollkommenen Flugapparat erdacht haben – kein Triumph und kein Flugapparat wird ihn so hoch erheben wie der Gedanke: ein Lied, ein Lied ist mir gelungen. Ein Lied ist ihm das Köstlichste, was er vom Himmel empfangen, und das Köstlichste, was er an seine Mitmenschen weitergeben kann. Ein großer Lyriker war es, der eines Tages sagte: »Wenn mir ein Gedicht geglückt ist, kann ich mich vor Jubel nicht fassen; ich muß etwas haben, das ich umarme, und wenn ich keinen Menschen habe, so nehme ich einen Stuhl und press' ihn ans Herz.« Man sagt, daß die Frauen nach der Geburt eines Kindes ein Gefühl unendlichen Jubels und seligster Ermattung überkomme. Genau so ist es den Lyrikern nach der Entbindung; nur daß sie durch nichts in der Welt zu bewegen sein würden, still zu liegen wie die Frauen. Wenn unser junger Ehemann ein Gedicht vollendet hatte, dann tanzte der hohe Wöchner von einem Zimmer ins andere, vom untern Stockwerk ins obere und vom oberen wieder ins untere, küßte sein Weib und seine Kinder ab, tanzte mit ihnen Ringelreihen, um sie plötzlich loszulassen und wieder abzuküssen, holte die Flasche Wein aus dem Keller, wenn sie noch da war, machte an dem Turnreck zwanzigmal die Bauch- und die Rückenwelle, spielte durch Haus und Garten Haschen mit Weib und Kindern und schrie dabei wie in seinen blühendsten Flegeljahren, und wenn er ausgegangen war, kehrte er mit Geschenken für die Seinigen beladen wieder heim. Der Gedanke: »Ein Denkmal habe ich mir errichtet, dauernder denn Erz,« läßt keine ökonomischen Bedenken aufkommen; wer ein Gedicht gemacht hat, ist der reichste Mann des Weltalls, wenn er sich auch achtundvierzig Stunden später überzeugt, daß es mit dem neuen Gedicht verteufelt wenig auf sich habe.

Als die Tischglocke ertönte, sprangen sie Hand in Hand die Treppen hinunter, und da sie ihn noch immer strahlend anblickte, fragte er heimlich: »Also hat's dir gefallen?« Und als sie vielsagend eifrig nickte und ihm unter dem Tische die Hand drückte, daß es weh tat, da rief er:

»Na, dann, Kellner, eine ganze Flasche Markobrunner!« Am Notwendigsten sparte er nicht gern.

Der Kellner verneigte sich mit gütigem Lächeln und flüsterte dem Wirt ins Ohr: »Eine Markobrunner – für die Hochzeitsreisenden.«

Als der Wein eingeschenkt war, führte er sein Glas mit der Miene des Kenners an die Nase. Es war Markobrunner für Hochzeitsreisende; aber unser Freund schien von dem Resultat der Untersuchung äußerst befriedigt, und er sagte leuchtenden Auges:

»Herz, laß uns darauf trinken, daß es unsern Kindern einmal ebenso ergehe. Aber« – fügte er schnell hinzu – »es soll ihnen nicht in den Schoß fallen; sie sollen sich's erkämpfen wie wir; das ist das Köstlichste, was wir ihnen wünschen können.«

Dann brachte er ihr zu Ehren einen Damentoast aus; dann trank sie auf sein jüngstes Gedicht; dann tranken sie auf die Freunde, die »leider« nicht dabei sein könnten, und endlich rief er:

»Von der Quelle bis ans Meer
Mahlet manche Mühle;

Und das Wohl der ganzen Welt
Ist's, worauf ich ziele.«

Und dann sprangen sie anmutig beschwipst – es war ein
kräftiger Markobrunner gewesen – wieder hinauf in ihr
Zimmer und holten aus ihrem Gepäck ein Bändchen Goethe
hervor.

Der Himmel schien noch heute bis auf den letzten Tropfen
bezahlen zu wollen, was die Hitze der vorhergehenden Tage
an Feuchtigkeiten kontrahiert hatte. Und seltsam: es war
unsern Reisenden gar nicht mehr unlieb. Wenn zwei
Liebende sechs Jahre lang von sehr lebendigen Kindern und
sehr lebendigen Pflichten, Sorgen und Mühen umschwirrt
gewesen sind und sich dann plötzlich in der Ferne,
eingeregnet, in einem Hotelzimmer einander gegenüber
finden, dann erwacht in ihnen ein seltsames, ein ungeahntes
Gefühl, das Gefühl: Endlich allein! Eine Empfindung
bemächtigt sich ihrer, daß ihre innersten Seelen seit langem
eigentlich nicht miteinander gesprochen haben, daß sie sich
viel und mancherlei zu sagen haben, von dem sie selbst
nicht gewußt haben, daß es in ihnen sei. Während sie
einander nahe gegenübersaßen, sie ihm gelegentlich sanft
mit der Hand über die Stirn strich, er ihr gelegentlich
zärtlich die schmale Hand streichelte und einer des andern
Bild mit inniger forschendem Blick zu erfassen suchte,
sprachen sie Ernstes und Fröhliches, Lautes und Leises, das
in einsamen Stunden in ihnen erwacht und ihnen wohl
auch auf die Lippen gekommen, dort aber vom schnellen
Strom des täglichen Lebens hinweggeschwemmt worden
war. Und als der Abend herannahte, da fanden sie, daß kein
Tag ihrer Reise schöner gewesen sei als dieser »verlorene«.
Und als sie wieder einmal gemeinsam in den Himmel
schauten – da entfuhr ihnen gleichzeitig ein halblauter
Freudenruf: im Westen blickte durch das Grau ein winzig
Stücklein erhellten Himmels, wie ein verweintes Auge, das,

noch unter Tränenschleiern, zum ersten Male wieder aufmerksam ins Leben starrt, noch nicht wünschend, noch weniger hoffend, nur erst wieder betrachtend mit kaum bewußter Teilnahme. Und das himmlische Auge ward größer und größer, klarer und klarer, heiterer und heiterer, und unser Paar schritt mit aufjauchzenden Herzen hinaus in eine wiedergeborene schöpfungsfrohe Natur.

Und diesen Abend machten sie einen Fund, der ihm köstlicher denn Gold und Perlen war. Sie fanden eine Wiese, an einem sanft abfallenden Hügelhang, von jungen und alten Bäumen umstanden. Ueber diese Wiese finden wir in seinem Tagebuche folgende Zeilen:

»Im Thüringer Wald ist eine Wiese, die alles zur Ruhe singt, was in dir an Sorgen und Bangen ist. Ja, sie singt; denn ihr Grün, ihre Schatten und ihre Lichter, ihre Bewegung und ihr Schweigen sind ein ununterbrochener seliger Gesang. In diesem Gesange sah ich goldene Stunden meiner Vergangenheit wandeln, die ich vergessen hatte, Stunden und Tage mit ihrem eigensten Gesicht, ihrem eigensten Ton und Gange. Am Rande, im Schatten der Bäume, sah ich die höchsten und heiligsten Gedanken meines Lebens ruhen, sah ihre Züge, ihre Augen im Glanze der Minute, da ich sie empfangen, verstanden und ans Herz gedrückt hatte. Und über den abendlich glimmenden Wipfeln der Bäume zogen selig schwebend dahin meine Hoffnungen, meine Ahnungen, die aus dieser Erdenenge hinaufstreben in eine größere Welt. Auf dieser Wiese grünt der Glaube; wer sie erschaut, der trinkt sich Glauben an die Heiligkeit der Welt für ewige Tage. Die Welt, die solche Augen hat, kann im Grunde ihrer Seele nicht lügen.

Ich sage nicht, wo diese Wiese liegt; denn sogleich würden Tausende kommen und rufen: »Wo ist das Besondere? Das können wir auch anderswo sehen!« O ihr Blinden! Nichts kann man auch anderswo sehen. Jedes Stück der Welt, das zwischen zwei Augenlidern Platz hat, ist ein Wesen wie ich und wie jedes von euch, mit eigener Seele und eigener Stimme, mit Zügen und Augen, die niemals wiederkehren. Und die doch, wenn sie vergangen sind, wie wir vergehen, ewig aufbewahrt bleiben im Weltall. Alles ist einzig, und alles ist ewig.

In den morgenfrischen Bäumen
Hing ein letzter Hauch der Nacht,
Und die Blumen machten Augen
Wie ein Kind, wenn es erwacht. –

Holder Schreck entriß mich plötzlich
Lächelnder Versunkenheit –:
Eine Rose hat geduftet
Wie ein Lied aus Kinderzeit!

Eilends sucht' ich: Welche war es? –
Duft und Blüte weit und breit! –
Doch nicht andren Duft vernahm ich:
Aufgetan die Seele weit,

Ging ich atmend, dürstend, sehnend
Durch des Gartens Herrlichkeit –
Und ich hab' sie nicht gefunden,
Die mich rief aus ferner Zeit.

O, ich seh' es, euer Lachen,
Schnell und klug zum Spott bereit!
Seid gewiß, in regen Lüften
Weiß mein Herz von je Bescheid.

Aufgehoben bleibt im Ganzen
Jedes Atems leises Weh'n;
Einst an einem großen Morgen
Wirst du's lächelnd wiederseh'n.

Eine Rose hat geduftet
Wie ein Klang aus Kinderzeit;
Duft und Klingen, Heut' und Gestern
Weben all' an *einem* Kleid.

Niemals hab' ich Schillers Klage um die Entgötterung der Natur verstanden.

»Diese Höhen füllten Oreaden,
Eine Dryas lebt' in jenem Baum,
Aus den Urnen lieblicher Najaden
Sprang der Ströme Silberschaum.«

Ist das nicht heut' wie einst? Seht ihr's nicht wandern auf den Bergen, hört ihr's nicht lachen und seufzen aus jedem Baum, hört ihr's nicht singen an jeder Quelle mit überirdischer Stimme? Ihr vernehmt es mit höheren Sinnen, und mit leiblichen Sinnen vernahmen's auch die Griechen nicht.

Nein, o nein, keine Philosophie und keine Religion kann die Natur entgöttern; denn sie ist selber Gott.

Geht hin und suche jeder seine Himmelswiese; denn jedem liegt sie anderswo. Auch meinem Weibe, auch meinen Kindern, und das ist ein Weh in allem Glück. Aber meine Geliebte verstand mein Schweigen und ehrte mein Gebet.«

⊢━━━━━━━━━━⊣

Als sie auf der nächsten Poststation ihre Briefe in Empfang nahmen, die wieder erfreuliche Nachricht von Hause brachten, da fiel ihm aus einer eingeschriebenen Sendung eine Banknote in die Hände. Ein Honorar! Fünfzig Mark, auf die er gar nicht gerechnet hatte. Er hielt ihr das hübsche Stück Papier vor die Augen und schrie ganz leise »Juhuhuuu!!« Und als sie ins Hotel zurückgekehrt waren, zog er den Wirt auf die Seite und redete vertraulich mit ihm. Der Wirt hörte ihm offenbar mit Vergnügen zu und eilte dienstbereit von dannen.

»Wollen wir nicht aufbrechen?« fragte sie.

Er hob geheimnisvoll den Finger, machte ein hohenpriesterliches Gesicht und sagte dunkel: »Noch nicht.«

Als sie nach einigen Minuten wieder fragte: »Warum gehen wir denn nicht, du Schlingel?«, da hob er noch geheimnisvoller den Finger, machte ein noch hohenpriesterlicheres Gesicht und sagte noch dunkler: »Noch nicht.«

Und dann fuhr ein schöner Landauer mit zwei tatenfrohen Braunen vor. Sie sah ihn mit ungläubigem Lächeln an. Er aber rief:

»Jehann, nu spann de Schimmels an!
Nu fahrt wi mit de Brut!
Un hebbt wi nix as brune Per,
Jehann, so is't ok gut!«

und lud sie mit seiner galantesten Handbewegung zum Einsteigen ein.

Während er noch mit dem Kutscher sprach, konnte sie mit den strahlenden Augen nicht von ihm lassen. Wer kennt nicht die herrliche »Hochzeitsreise« von Moritz von Schwind, kennt darin nicht den anmutigen Zug, wie die junge Frau zur Seite rückt und dem geliebten Gefährten gar bereitwillig Platz macht in Erwartung gemeinsamer Freude! So drückte sie sich in die Ecke und konnte kaum erwarten, daß er einstieg.

Der Wirt, ein Mann von etwas familiärem, aber vortrefflich gemeintem Benehmen, wünschte ihnen noch, daß der Fortgang ihrer Ehe so fröhlich sein möge wie der

Anfang.

»Also haben Sie gemerkt, daß wir Hochzeitsreisende sind?« fragte unser Freund.

»Freilich,« versetzte der Alte, »dafür bekommt unsereins einen Blick.«

»Ja ja,« rief der Ehemann lachend, »wir sind allerdings noch in den ersten Flitterjahren. Hü, Kutscher!« Die Pferde zogen an.

»Du ahnst nicht, wie dankbar ich dir bin,« flüsterte sie an seinem Ohr, »ich war ein wenig übermüdet – nun bin ich selig!«

Und freilich – fußwandern bleibt zwar immer das Schönste – aber nächstdem gibt es nichts Leib- und Seelenvergnüglicheres, als zu zweien im Wagen eng aneinander geschmiegt durch die Lande zu rollen. Sie fuhren durch stundenlangen Tannenwald; in unabsehbaren Reihen ragten die streng emporstrebenden Stämme in den Himmel, eine meilenlange Orgel, auf der der Wind das Morgenlied der Schöpfung spielte. O, ein geheimnisvolles Ding, mit munteren Rossen durch den tiefen Wald zu fahren! Dem seitwärts schweifenden Blick erschienen in fernsten, nie betretenen Waldgründen seltsamgestalte Wunder, die scheu wieder ins Dunkel tauchten, wenn das Auge sie fester erfassen wollte; mit großen Augen lugte es hinter düsteren Stämmen hervor – ein Reh? – eine Dryas? – das verzauberte Brüderlein der treuen Schwester? – oder war es Schmerzenreich, das Kind der armen Pfalzgräfin? Und manchmal schaute zwischen fernen, fernen Tannen ein Stück des Himmels in die Schauer der Waldnacht herein, dann war es ihnen, sie sähen einen gotischen Dom mit riesenhohen, bunten Fenstern und sie wären dem Tempel nah, der die smaragdne Schale vom Tisch des Heilands birgt und der ewigen Frieden bringt denen, die ihn finden. Wenn aber der Wagen lautlos über moosigen Grund fuhr, dann vernahmen sie dumpfes, fernes Stimmengewirr versammelter Männer. Ihr wißt, daß man in stillen, dichten Wäldern die Stimmen einer unsichtbaren Versammlung hört. Das ist das Thing derer aus Niflheim und Jötunheim; sie beraten über den großen Kampf, in dem sie die Einherier vernichten wollen, die Einherier, die über den Wipfeln lächelnd dahinziehen.

Als sie aber nun über eine sonnige Hochfläche fuhren und Wiesen und Aecker in allen Farben vor ihren Blicken lagen, da ergriff ihn ein lustiger Größenwahn; er sprang von seinem Sitz in die Höhe, beschrieb mit der Linken einen weiten Bogen und rief:

»Sieh, Herz, alles unser! Alles dein! Ein Teppich für deine Füße! Wer kann sich das leisten!«

Und sie ergriff seine Rechte, zog sie an die Lippen und flüsterte mit ihrem schalkhaftesten Lächeln:

»Mein sparsamer Mann! Mein unverbesserlicher Geizhals! Mein Harpagon!«

Und so kamen sie nach Ilmenau. –

»Anmutig Tal, du immergrüner Hain,
Mein Herz begrüßt euch wieder auf das beste!«

Schon dieser Anfang hatte ihm immer zu den Wundern der Kunst gehört. Mit zwei Worten erschließt ein Dichter ein heiteres Gefild, und mit einem einzigen Griff bringt er die Harfe des Waldes zum Klingen, und alles horcht auf und flüstert: »Still – still! Der da beginnt, das muß ein großer Meister sein!«

Und die Herzen voll dieses Klangs, durchschritten sie das anmutige Tal und stiegen den immergrünen Hain hinauf zu jener Höhe, wo der herrliche Wanderer sein Nachtlied an die Wand eines Bretterhäuschens geschrieben hatte. An Stelle des niedergebrannten Häuschens hat man dort, in nachgeahmter Dürftigkeit, ein neues »altes« Häuschen errichtet. Sie gingen nicht hinein; sie wollten es nicht sehen; sie wandten ihm den Rücken zu und schauten über das abendlich beglänzte Wipfelmeer in die Ferne. Keines sprach ein Wort; aber im stillen Herzen sprachen's wohl beide:

»Ueber allen Gipfeln
Ist Ruh,
In allen Wipfeln
Spürest du
Kaum einen Hauch;
Die Vögelein schweigen im Walde.
Warte nur, balde
Ruhest du auch.«

Einunddreißig Jahre war er alt gewesen, als sich dies Lied aus seiner Seele gelöst hatte, ein glückverwöhnter, blühender Mann, die Schöpfungsgewalt für eine neue Welt hinter der Stirn, die Flügelspannung eines emporschwebenden Adlers im Hirn und in der Brust. Groß war die Welt, groß und schön und berauschend süß. Aber vielleicht das Beste nach allem war die Ruhe.

Sie sprachen auch nur wenige, abgebrochene Worte, während sie zu Tale stiegen. Das Dunkel brach herein. Da legte er den Arm um ihre Hüfte und sprach: »Wie wird's uns sein, wenn wir nach Weimar kommen!«

Und sie kamen nach Weimar. Der Weimarer Bahnhof – darüber kann keine Meinungsverschiedenheit bestehen – hat weder etwas Imponierendes noch Feierliches, noch Stimmungsvolles, oder sonst Angenehmes. Aber als sie ihren Fuß auf den Bahnsteig setzten, hatten sie das Gefühl: »Ziehe deine Schuhe aus von deinen Füßen; denn das Land, darauf du stehest, ist ein heiliges Land.« Sie gingen schon durch die Sophienstraße, aber sie gingen vollends über den Viadukt und durch die Rollgasse, als das alte Weimar vor ihnen auftauchte, mit den zitternden Herzen der Kinder am Weihnachtsabend dahin. Es war auch Abend und schon so spät, daß sie das Hotel nicht mehr verließen. Viele Stunden lang lag er schlaflos in seinem Bette: er war nun da, wirklich da, er selbst, an der tausendmal ersehnten Stätte seines heiligsten Knaben- und Jünglingslebens; er atmete mit den erhabenen Genien dieses Ortes dieselbe ambrosische Luft. Denn das war das Seltsame: in diesem neuen Weimar stand unversehrt das alte und drängte jenes in den Hintergrund; was vor siebzig, vor hundert Jahren gestorben und untergegangen war, das lebte, stand und wandelte hier so gegenwärtig wie nur je – die Häuser, Straßen und Menschen von heute aber waren Schatten. Es war eine schlaflose, heilige Nacht; erst gegen Morgen schlief er ein paar Stunden und erhob sich dann mit einem fröhlichen Kraftgefühl, das ihm die Geister seiner Jugend gebracht hatten.

Die beiden machten zunächst einen Orientierungsspaziergang durch die Stadt, und dieser Anfang verlief nicht allzu erhebend. Vor dem Doppeldenkmal trat nämlich ein überaus freundlicher alter Herr mit höflichem Gruß auf sie zu und sagte:

»Dies sind nu also die beiden kreeßten Tichter, wo wir ha'm. Links is Keethe, un rechts is Schiller. Schiller is, wie Se seh'n, ä bißchen kreeßer als Keethe; aber dafier is der Keethe widder breider in de Schuldern. Was se da in der Hand halten, das is ä Lorbeergranz. Keethe will Schillern den Lorbeergranz iberreichen; awer Schiller sagt: »Nee, behalt du'n.« Der Schiller is immer ä sehr edler Mensch gewäsen. – Da hinder den beiden säh'n Se das alde Dheader, wo noch de kreeßten Machwerge von den beiden sin aufgeführt wor'n.«

Unser Freund dankte verbindlich für die Belehrung und lüftete zum Abschied höflich den Hut.

Als sie an der Ecke des Theaterplatzes vor dem Wittumspalais standen, stand der gastliche Fremde wieder neben ihnen.

»Das is nu also das sogenannte Widmungsbalais, wo de Herzogin Anna Amalchje dadrinn kewohnt hat.«

»Soso!« machte unser Freund. »Sagen Sie mal, warum heißt es eigentlich »Widmungspalais«?«

»Nu, das is ja sehr einfach. Das hat nämlich der tamaliche Kroßherzog, der hat es also der Anna Amalchje kewidmet, damit daß se drin wohnen soll.«

»Aha!« machte unser Freund, »aha!«, lüftete abermals den Hut und sagte: »Adieu!«

Aber der menschenfreundliche Herr nahm keine Notiz davon; er geleitete sie vor das Schillerhaus und sagte:

»Dies is also nu das Haus, wo der unschterbliche Schiller kewohnt hat –«

»Jawohl, jawohl!« riefen unsere beiden und schritten eilends weiter. Sie gelangten zum Fürstenplatz, und als sie vor dem Reiterstandbilde Carl Augusts standen, hörten sie hinter sich eine Stimme:

»Dies is nu also der Fürscht, der wo die sämtlichen Tichter eichentlich erst ins Läben gerufen hat.«

»Schick ihn doch weg,« flüsterte sie.

»Ja, aber wie? Ich werd ihm Geld anbieten.«

»Ach nein, das geht doch nicht!« flüsterte sie errötend.

Aber es ging. Der gefällige Bürger steckte die dargebotene Mark Lösegeld ein und empfahl sich. Der Typus war ihnen ganz neu; denn in Norddeutschland gab es dergleichen nicht.

»Endlich allein!« jubelte sie, und nun zogen sie in Frieden weiter. Nur noch einmal kamen sie in Gefahr, »geführt« zu werden. Im Sterbezimmer Schillers hörten sie einen Erklärer reden, der von der Armut Schillers in einem so ergreifenden Tremolo sprach, als wenn er selbst darunter noch heute zu leiden habe und hier daher erhöhte Trinkgelder am Platze seien. Unser Paar wartete, bis die betreffende »Tour« zu Ende war und trat dann allein in das Heiligtum.

Die Deutschen haben keinen heiligeren Ort. »Wieviel Marmor,« dachte unser Freund, »wieviel Gold und Elfenbein, wieviel Seide, Samt und Edelgestein müßte wohl ein prachtliebender Fürst aufeinanderhäufen, um einen Raum zu schaffen von solcher Hoheit und von solchem Glanz. Wem hier nicht Tränen der Sehnsucht, Tränen des Triumphes ins Auge treten, dem ist der tiefste Quell seiner Seele versiegt. Der wahre Bettler ist doch einzig und allein der wahre König!« Der dies göttliche Wort sprach, war auch solch ein Bettler.

Mit umflortem Blick betrachtete unser Paar die Gegenstände, die der erhabene Mann durch seine Berührung geadelt hatte. Sie hatten beide keine Begabung für den Fetischdienst, und gegen Götter- und Götzendienst empörte sich von je sein menschlicher Stolz. Aber die Geister, die diese Stadt erhellten, waren nicht Götter in Wohlsein und Müßiggang, waren nicht in Allmacht und ambrosischen Leibes geboren; sie hatten gelitten und gerungen, gerungen mit ihren eigenen Mängeln und Gebrechen und waren aus Menschen Götter geworden. Vor solchen Heiligen ist Verehrung nicht Erniedrigung, ist Verehrung eigener Triumph.

Gerade als sie diese Stätte verlassen wollten, kam der Führer zurück und begann im Grabestone des fest angestellten Leidtragenden: »In diesem ärmlichen Gemache –«

Aber unser Freund drückte schnell seine Hand in die des Mannes und sagte gedämpften Tones: »Ich weiß alles.«

Ja, dieses Schillerhaus, dieses Goethehaus, dieses Wittumspalais, dieser Park mit seinem Gartenhäuschen, diese unsichtbare Stadt, vor der man die sichtbare nicht sah: das war Elysium. Ein besseres, höheres, heiligeres Elysium als das der Alten. Ein Elysium der Arbeit. Gewiß: das gab diesen kleinen, niedrigen, bescheidenen, selbst in den Schlössern bescheidenen Räumen, die an Luxus manchmal hinter der Wohnung eines Handwerksmeisters von heute zurückstehen: das gab ihnen jene unvergleichliche

Vornehmheit, daß der hohe Geist der Tätigkeit niemals aus ihnen gewichen war; aus der seligen Welt der Gedanken fällt noch heute ein Strahl in diese Gemächer und Gänge und umspielt die bestaubten Schokoladentäßchen, die verstummten Lauten und Spinette, die verlassenen Spieltische und die verwaisten Maskeradenkostüme mit einem fernher scheinenden Sternenlicht. Das machte auch das Arbeitszimmer am Frauenplan, dieses andere Allerheiligste der Deutschen, zu einer Insel der Seligen. Fünfzig Jahre lang hatte er hier wirken, schaffen und ringen dürfen, fünfzig Jahre lang hatte er hier verkehren dürfen mit den freundlichsten und besten Geistern, die zu den Irdischen herniedersteigen. Kein Fleck der Erde hat ein reicheres und höheres Glück gesehen als dieses Zimmer. O, unsere Liebesleute wußten sehr wohl, daß Kleinheit und Häßlichkeit, daß Dummheit und Neid an diese Männer herangekrochen waren wie an andre und mehr als an andre Menschen; sie waren nicht unerfahren genug, um zu glauben, daß es ein Leben ohne Alltag gebe; es war ein kleines Nest gewesen, das Weimar von damals, und die Gewöhnlichkeit macht sich um so breiter, je enger sie mit der Größe zusammenwohnt. Aber das blieb bestehen: Kein Fleck der Erde hatte ein höheres und reicheres Glück gesehen als dieses Zimmer.

Und dann standen sie in der Fürstengruft an den Särgen der Dioskuren. Es gibt ein Gedicht von Nepomuk Vogl, in dem erzählt wird, wie ein Mann sich vom Totengräber das Grab der Mutter zeigen läßt. Als er davor steht, spricht er:

>»Ihr irrt, hier wohnt die Tote nicht.
>Wie schlöss' ein Raum so eng und klein
>Die Liebe einer Mutter ein!«

In erweitertem und erhöhtem Maße hatten sie dies Gefühl vor den Sarkophagen Schillers und Goethes. Das Grauen, das uns vor den Gräbern vergänglicher Menschen befängt – hier hat es keine Stätte. Fast hätten sie gelächelt, als ihnen der alte Mann, der sie in die Gruft begleitet hatte, allen Ernstes versicherte, in diesen Särgen ruhten Goethe und Schiller. Sie kamen ja her von den Stätten, wo sie lebten und wirkten im Licht der Sonne. Tod, wo ist dein Stachel, Hölle, wo ist dein Sieg?

Und noch an einem andern Grabe verweilten sie in freundlicher Trauer: an der Ruhestatt Christianens auf dem alten Jakobskirchhof. »Wenn ich zu befehlen hätte,« sagte unser Freund, »so ruhte sie neben ihm in der Fürstengruft.« Und sein junges Weib ergriff seine herabhängende Hand und drückte sie fest, sehr fest und gar lange. Es war das Weib, das ihm dankte.

Als sie zum ersten Male den Park besuchten, führte sie ein halbidiotischer Gärtnerlehrling durch Goethes Gartenhaus. Er schien nur substantive Begriffe zu haben; denn er sagte nichts als »Arbeitszimmer!« – »Schlafzimmer!« – »Küche!« und stieß diese Worte mit einer mürrischen Vehemenz hervor. Nur als die junge Frau einmal fragte: »Wohin geht es denn da?«, da gebrauchte er das Adverbium »Raus!!«. Sie hatten sonst wohl erlebt, von Halbidioten durch die *Werke* Goethes geführt zu werden; aber denen hatte der wohltuende Lakonismus des Gärtnerburschen gefehlt. Es fragte sich, ob die Verallgemeinerung dieser Einrichtung nicht zum Segen aller Besucher geweihter Stätten gereichen würde.

Sie wanderten hinaus nach Belvedere, nach Ettersburg und vor allem nach Tiefurt. Der Park von Tiefurt – wenn etwas, so gehörte er zu diesem Elysium. Es war ein trüber Tag, und doch – gibt es Wolken oder Nebel, die den Frohsinn dieser Stätte verhüllen können? Er strahlt und kichert durch alle Decken hervor. Ja, das war's, was diese »Lustigen von Weimar«, diese prachtvolle Anna Amalie und ihren Geniehof kennzeichnete: ihr Wirken war nicht finstere Rastlosigkeit, ihr Vergnügen nicht fauler Genuß; Arbeit adelte ihren Frohsinn, Frohsinn adelte ihre Arbeit. So macht man das Leben zum ewigen Fest, und ein ewiges Fest liegt über den Bäumen und Fluren dieses Parks.

Und doch mußte unser Freund fluchen, grimmig fluchen, als sie vor dem mächtigen Steine standen, der in Lapidarschrift den Namen

HERDER

trägt. Ein Schuft hatte seinen Namen daneben geschmiert. Die Besudelung des Steines ließ sich wohl entfernen; aber wer entfernte den Dreck aus solch einer Seele! Welch ein Abgrund naiver Gemeinheit lag in diesem Frevel. »Weiß Gott,« rief unser Freund, »ich bin ein Feind der Prügelstrafe; aber Ausnahmen gibt es doch. In diesem Falle würde ich mit Freuden der Vollziehende sein, und der Halunke sollte sich über keine Unterschlagung zu beklagen haben!«

Sie hatte große Mühe, ihn zu beruhigen; aber bald verwischte ein seltsam freundliches Erlebnis völlig den widrigen Eindruck. Sie hatten sich dem Schlößchen dieses Parks genähert, und im selben Augenblick, als sie durch den grünumrankten Torbogen in den Schloßhof traten, schlug eine Turmuhr drei Schläge, und die Sonne durchbrach siegreich den Nebel. Glücklich überrascht sahen sie einander ins Gesicht: Hieß das nicht »Willkommen«?!

Der letzte Abend ihres Weimarer Aufenthalts gehörte natürlich noch einmal dem Park »am Stern«. Die Bürger von Weimar waren ordnungsmäßig zum Abendessen gegangen; unsere beiden hatten den Park, hatten die Welt für sich allein; völlig einsam schritten sie am Gartenhause, an der Reitbahn vorüber auf dem breiten Wege, der nach Oberweimar führt. Köstliche Stille ringsum. Da standen auch sie stille – eine Nachtigall schlug liebeselig aus nahem Gebüsch. Und im Osten stand ein herrlicher Stern, so lebendig funkelnd, als ob er zur Erde reden möchte. Da war die Zeit ausgelöscht – nicht anders war die Welt gewesen, als der Bewohner jenes Gartenhauses noch hier wandelte – er war gegenwärtig – unser Freund zeigte nach dem Stern und flüsterte: »Sieh, Herz, das ist Er! Die Nachtigall hat ihn erkannt.« – – – – –

Von Weimar fuhren sie heim. Sie waren sehr still auf dieser Fahrt; denn die Vorfreude der Heimkehr war noch größer als die Vorfreude der Ausfahrt. Sie hatten Hirn und Sinne voll zu tun; denn von vier Kindern und zwei Eltern mußten sie sich ausmalen, was sie heute dachten, hofften, wünschten und wie sie sich freuen würden.

Als ihr Wagen in die Straße einbog, in der sie wohnten, sahen sie alle Viere im Sonntagskleide vor der Tür stehen.

»Da sind sie!« rief er aufspringend. »Alle vier! Vier Kinder, Liebling! Wieviel Hochzeitsreisende gibt's denn, die sich das leisten können!«

Und doch schrie er, als der Wagen vorfuhr, mit furchtbarer Stimme: »Zurück! Zurück! Wollt ihr zurück, alle Wetter!« Sie wären nämlich unter die Hufe des Pferdes und unter die Räder gerannt, um nur schnell in die Arme der Mutter zu fliegen.

Die Hosentaschen des Erasmus

Erasmus ist nämlich mein Sohn. Ich schicke voraus, daß er gesund und normal gestaltet ist. Aber in bekleidetem Zustande zeigt er von Zeit zu Zeit an den Oberschenkeln unförmliche, bedrohlich anwachsende Wülste. Wenn diese eine gewisse Ausdehnung erreicht haben, pflegt meine Frau sehr vergnügt zu mir hereinzukommen und zu sagen: »Du, wir müssen mal wieder seine Hosentaschen ausräumen; es hat sich schon wieder ein ganzes Museum darin angesammelt!«

Ich darf voraussetzen, daß meinen Lesern die Hosentaschenzustände eines achtjährigen Buben im allgemeinen bekannt sind. Es gibt eigentlich kaum einen beweglichen Gegenstand, der sich nicht ganz gut in solch einer Tasche unterbringen ließe, und es gibt auch schwerlich einen Gegenstand, der nicht das Interesse solch eines verschwiegenen kleinen Weltbetrachters anregte. Nun muß man sich außerdem den jungen Herrn Erasmus als einen entschiedenen Sanguiniker vorstellen, der mit Hilfe seiner Phantasie an das Bruchstück eines Korkziehers die verwegensten Hoffnungen knüpft.

Da uns bei den bisherigen Untersuchungen manches dunkel blieb und wir manchen Gegenstand nicht zu bestimmen vermochten, haben wir diesmal den geehrten Hosenbesitzer selbst zur Besichtigung mit herangezogen. Meine Frau hat das Kleidungsstück auf dem Schoße; für die Vertreter der öffentlichen Moral bemerke ich, daß der Knabe währenddessen mit einer anderen Hose bekleidet ist.

Was meine Frau zunächst aus der Tasche hervorzieht, ist Bindfaden. Ich darf ebenfalls als bekannt voraussetzen, daß dieser Gegenstand sich bei der männlichen Jugend einer besonderen Beliebtheit erfreut und alle übrigen Objekte, die aus solch einer Tasche ans Licht gefördert werden, in einer mehr oder minder interessanten Verwickelung mit jenem Gegenstande zu erscheinen pflegen. An der Hand des Bindfadens – um mich gewählt auszudrücken – gelangen wir sodann zu einem stark verrosteten, ovalen Blechschildchen, das die Inschrift »Patent« trägt. Das ist schon gleich ein wertvolles Stück. Ich weiß das. Ich habe den Maßstab für dergleichen noch ziemlich gut im Gedächtnis. Ich kann den Maßstab natürlich nicht so genau bestimmen; es handelt sich eben um Liebhaberwerte.

»Was heißt denn das: ›Patent‹?« frage ich.

»Wenn einer sich so fein angezogen hat.«

»Rrrich–tig!!«

Wir verfolgen weiter den Ariadnefaden und fördern aus dem Labyrinth ein Notizbuch zutage. Das ist nun etwas ganz besonders Hervorragendes. Notizbücher sind in diesem Alter von ganz besonderem Wert und Nutzen. Es ist wohl selbstverständlich, daß man sich in erster Linie das notiert, woran man Tag und Nacht denkt, z. B. daß man für den 9. Oktober zur Apfelernte bei einem Spielkameraden eingeladen ist, oder daß am 25. Dezember Weihnacht gefeiert wird. Auch die zehn Pfennige, die man geschenkt erhielt, werden ordnungsgemäß als Grundstock eines zu sammelnden Kapitals gebucht, leider aber gewöhnlich nicht wieder ausgestrichen, wenn sie nach zehn Minuten in Schokolade umgewandelt wurden. Freilich sind Stift und Papier bei diesem Büchelchen von einer Güte, die sich in Geldeswert nicht mehr ausdrücken und es immerhin noch ratsamer erscheinen läßt, mit einer spitzen Stahlfeder auf ein Flanellhemd zu schreiben; aber Erasmus verfolgt es mit sorglich behütenden Blicken.

»Woher hast du denn das?«

»Das hat Hein Stieglitz mir geschenkt.«

»Weshalb denn?«

»Och – wenn ich mit ihm spielen wollte.«

»Warum wollte er denn mit dir spielen?«

»Och – die andern wollten nicht mit ihm spielen.«

»Warum nicht?«

»Weil er der Erste geworden ist.«

»Aha. – Aber was bedeutet denn *das* hier?« Ich habe nämlich das »Notizbuch« aufgeschlagen und lese auf einer Seite die höchst rätselhaften Worte »Käs Käse Käse la.«

»Das ist Französisch,« erklärt er mit einem Anflug von Gelehrtenstolz.

»Französisch??« – – – Aaaaaah – jetzt geht mir ein Licht auf! Er hat heut seine erste französische Stunde gehabt! Nach der neuen Methode! Der Lehrer hat gesprochen, aber nicht angeschrieben. Erasmus aber, seines Notizbuches stolz sich bewußt, hat sich's notiert. Qu'est-ce que c'est que cela! –

Voilà ce que c'est!

Mit Hilfe des Bindfadens fördern wir nunmehr ein kleines Scharnier von einem Deckelseidel in inniger Verbindung mit einem Stück Schusterpech zutage.

»Aber Erasmus! Ferkel!« ruft meine Frau und betrachtet nasrümpfend ihre Finger.

Er aber starrt sie an mit schuldlos-erstauntem Blick, als wollte er sagen: »Wieso? – Was ist denn los?«

Denn er lebt und webt ja noch im lautersten, ursprünglichsten Pantheismus; aus *allem*, was die Erde bietet, atmet ihm – in der Wärme des Herzens und der Wangen nur erst ahnungslos gefühlt – der unbekannte Schöpfer entgegen, und das gewaschenste Kätzchen wie den pfützenbewandertsten Straßenköter drückt er mit gleicher Liebe an sein glückliches Herz und sein reinstes Chemisett. Er steht noch auf dem naiv-genialen Standpunkt der

Gleichberechtigung aller chemischen Verbindungen, und die paradiesische Unschuld, die noch nicht weiß, was rein und schmutzig ist, ist noch nicht ganz durch unsere ästhetischen Engherzigkeiten verscheucht.

»Was willst du denn mit diesem Stück von einem Bierglasdeckel machen?«

»Och – wenn ich den Deckel dazu finde, dann mach' ich das auf mein Milchseidel.«

»Das 's 'ne Idee! Famos! – Aber sag' mir Bescheid, wenn du den Deckel gefunden hast! – Kannst du denn überhaupt so was machen?«

»Jaaa – das ist man ganz leicht!«

»Mmmm.«

Das ist richtig. Ich hab' auch als kleiner Junge sämtlichen Handwerkern ihre sämtlichen Künste abgeguckt. Es ging alles so nett und leicht. Ich wäre so gern Tischler, Schlosser, Schmied, Schuster, Maurer, Hutmacher, Maler und alles andere außerdem gewesen. Wenn meine Phantasie ein Werk entworfen hatte, so war's auch schon fertig, und ich spielte damit. Ich hobelte ohne Hobel, klebte ohne Leim, malte ohne Pinsel, lötete ohne Kolben und Flamme und beschlug die wildesten Pferde, alles in Gedanken. Und die Werke unserer Phantasie spielen anmutiger mit uns als wir mit den wirklichsten Dingen. Auch mit Ruhm und Macht und Geld spielt es sich ja hübscher in der Phantasie als in Wirklichkeit. »Alles wiederholt sich nur im Leben –«

Also freu' dich nur an deinem Deckelglas.

Nachdem wir nun noch aus dieser Tasche eine Mundharmonika, ein kleines Weingeistthermometer und einen Soldaten von der bleiernen Kavallerie gehoben haben, bemerken wir an der Lanze dieses Ulanen eine deutsche Fünfpfennigmarke – pardon: – eine norddeutsche Fünfpfennigmarke!

Eine furchtbare Ahnung spannt meine Nerven.

»Was soll die denn?« frage ich.

»Die sammel' ich,« erklärt er ganz unschuldig.

»Mein Sohn,« spreche ich und lege mit ehrwürdig-großer Geste die Vaterhand auf seine Schulter, »ich will es keineswegs als unmöglich hinstellen, daß die Sammler von Briefmarken und Trambahnbilletts irgendeinen Gedanken daneben haben. Der Mensch soll nicht hochmütig sein: was wissen wir z. B. vom Seelenleben des Meerschweinchens oder des Laubfrosches! Aber bei einem Erben meines Blutes dulde ich Briefmarkensammeln nicht. Darin erlaube ich mir nun Despot zu sein. Willst du *schöne* Dinge sammeln – sehr gut! Willst du lehrreiche Dinge sammeln: Tiere, Pflanzen u. dgl. – auch gut! Aber Briefmarkensammeln ist ausgesprochene Antikultur, und darauf steht bei mir Enterbung.« (Der Junge verfärbt sich.) »Man weiß ja, wie's geht: Erst kommt das Cricri und das Monokel, dann das Sammeln von Briefmarken und Pferdebahnzetteln und schließlich der Klerikalismus, ohne daß man die Uebergänge merkt!«

Meine Frau hat sich inzwischen an die Erschließung der anderen Tasche gemacht und mit diversen Muscheln und Hosenknöpfen auch eine zusammengedrückte Kapsel von einer Weinflasche an den Tag gebracht.

»Und was willst du damit?«

»Die will ich verkaufen.«

»Verkaufen?«

»Ja, Willy Steinmann sagt, wenn man 'n Pfund davon hat, dann kann man sie verkaufen, und das Geld will ich mir dann aufsparen, und dann seh' ich zu, daß ich immer mehr dazu krieg', bis ich fix reich bin.«

Aah – daher pfeift der Wind! Er hat offenbar von jenen »gemeinnützigen« Geschichten gekostet, in denen immer erzählt wird, wie irgend jemand schon als sechsjähriger Knabe jede Stecknadel aufhob, jede Gänsedaune für ein künftiges Kopfkissen reservierte und so schließlich ein ungeheuer großer, reicher und berühmter Kaufherr wurde. Ich habe nie die Ueberzeugung loswerden können, daß diese Geschichten von Spekulanten, Bankdirektoren, Testamentsvollstreckern, Schwankdichtern und ähnlichen Leuten erfunden worden sind, um die andern Leute von der Fährte abzulenken. Mein Junge – wenn du der Sohn deiner Eltern bist, so wirst du diesen »fremden Tropfen in deinem Blute« bald wieder hinauswerfen, davor ist mir nicht bange. Stecknadelnsammeln liegt nicht in der Familie.

»Na, und wenn du nun ›fix reich‹ bist – was dann?«

»Dann kauf ich mir Kühe und Ochsen und 'n Geographiebuch.«

»So.« Bei mir war es immer ein Schloß. Das wollt' ich mir bauen, wenn ich reich wäre. Ich sehe noch heute die breite, schimmernde Marmortreppe, auf deren oberster Stufe ich stehe als ein Grand-Seigneur, um im nächsten Augenblick mit vornehmer Gelassenheit hinabzusteigen. Oder ich lag auf einem Ruhebett hingestreckt und sah durch hohe Bogenfenster weiße Wolken durch blaue Himmelsfluren ziehen – langsam – so langsam. Oder ich hielt auf der Zugbrücke hoch zu Pferd, die Faust auf den Schenkel gestemmt, und sah in *einem* Blick Täler und Berge, Wälder und Ströme. Ich möchte fast mit Lessing glauben, daß es eine Wiedergeburt in *dieser* Welt gibt, daß wir mehr als einmal auf dieser Erde erscheinen. Vielleicht daher diese leisen, fernen, geheimnisvollen Erinnerungen, die wir uns nicht erklären können. Und ich fürchte, ich fürchte: ich bin – vielleicht im dreizehnten Jahrhundert oder so – ein wenig beschäftigter Junker gewesen. Ich habe seitdem noch immer eine merkwürdige Neigung, mit dem Schauen nach schwebenden Wolken und mit dem Reiten durch rauschende

Täler meinen Unterhalt zu verdienen.

Während diese Erinnerungen schnell wie Schwalbenflug vor meinem inneren Blick vorüberziehen, stößt meine Frau plötzlich einen heftigen Schrei aus und springt vom Stuhl empor. Sie muß auf etwas Entsetzliches gestoßen sein; denn sie ist von Natur sehr mutig. Sie würde ihr Kind aus dem Rachen des Löwen reißen wie jene berühmte Mutter von Florenz. Es muß etwas Furchtbareres sein als ein Löwe. Und so ist es. Es ist ein »Gemeiner Mistkäfer«, Geotrupes stercorarius, den meine Frau von ihren Fingern fortgeschleudert hat und der jetzt langsam auf den Dielen dahinkriecht.

»Ooh, mein Käfer!« jammert Erasmus.

Das Krabbeltier ist aus einer Streichholzschachtel entwischt und hat sich frei in der Hosentasche ergangen. Während meine Frau noch immer ein bißchen weiß um die Nase ist, hat Erasmus das Tierchen aufgenommen und läßt es mit geradezu wissenschaftlicher Kaltblütigkeit und Vorurteilslosigkeit über seine Finger krabbeln.

»Wozu hast du den denn gefangen?«

»Für 'ne Käfersammlung.«

»Na – weißt du – das halt' ich eigentlich für unnötig. Du kannst ihn dir auch so ordentlich ansehen. Und dann kannst du ihn jedes Jahr in ungezählten Mengen wiederfinden. Wenn's was Seltenes wäre, wollt' ich nichts sagen. Was selten ist, muß immer dran glauben. Aber das verstehst du noch nicht. Also: ich denke, du läßt ihn laufen, he? Andere Mistkäfer wollen *auch* leben.«

Mit schnell aufblitzendem Blick sieht er mir forschend in die Augen, dann lächelt er und betrachtet verstohlen seine Hände. Sie sind heute zum zweitenmal gewaschen und zum drittenmal schmutzig. Er gebraucht sie ungeniert und fleißig, wenn er in Haus und Garten, Feld und Wald naturforschend sich ins All versenkt.

An den Gegenständen, die der zweiten Tasche entstammen, zuletzt an der Streichholzschachtel, sowie an der rechten Hand meiner Frau ist uns mehr und mehr eine merkwürdig übereinstimmende Röte aufgefallen. Jetzt kommen wir auch dem Ursprung dieser Farbe nah: ein beträchtliches Stück Rötel hat offenbar schon ein paar Tage in diesem Raume zugebracht und dessen Wände mit einem gleichmäßigen Rot bedeckt. Endlich findet sich noch ein schön abgeschliffenes, eirundes Rollsteinchen vom Meeresufer.

»Was ist denn das?«

»Das ist 'n Glücksstein.«

»Ein Glücksstein?« –

Das kann stimmen. Wer sich an solch einem Steinchen freut, der ist glücklich.

»Wo hast du denn die hübsche kleine Silbermünze gelassen, die du neulich hattest?«

»Och, die hab ich Georg Petersen gegeben, der will mir achtzehn Fahnen und fünfundzwanzig Lanzen dafür geben.«

Seine Augen leuchten.

Ja, das sind so Augenblicke, in denen einem das Herz ein wenig groß und das Auge – Verzeihung! – ein wenig warm wird. Denn man denkt an die vielen Male, daß dieser junge Mann in seinem Leben noch betrogen werden wird. Was wird *dem* sein guter Glaube noch kosten! Man fragt sich, ob man nicht unrecht tut, wenn man einem Kinde sagt: »Sei immer wahr!« – ob man es nicht wehrlos macht. Man säh es so gern das Gebot der Wahrhaftigkeit befolgen, und man sieht dabei alle die Leiden voraus, die dann seiner warten. Also dem Achtjährigen schon sagen: »Paß auf, daß du nicht betrogen wirst!?« – Nein. Nein. Es lieber der Zeit überlassen, die schließlich doch den Arglosesten warnt. Bei manchem braucht's freilich viel Zeit. Und dann ist ja auch der Mensch so genial konstruiert, daß er einen merkwürdig großen Wert darauf legt, nicht aus fremdem Schaden zu lernen, sondern *selbst* betrogen zu werden. Und dann ist es ja auch vorteilhaft, sich mäßig betrügen und belügen zu lassen. Zu viel ist freilich hier wie überall vom Uebel. Wer gar zu leicht zu betrügen ist, der verleitet schließlich auch honette Leute. Die sagen dann: »Na – wenn er selbst nicht anders *will* – –« Man glaubt nicht, wie verderblich ein *einziger* Vertrauensseliger für ein ganzes Rudel von ziemlich anständigen Menschen werden kann. Aber sonst –: Die Leute vom Adel haben ganz recht: Sich mäßig betrügen lassen, gehört zum Adel. Wer einen Rock zu vierzig Mark für fünfzig Mark verkauft, wer im niederen oder höheren Pferdehandel einen Gentleman hineinlegt oder wer das Drama eines Rivalen aus dem Spielplan hinausintrigiert, damit er noch ein bißchen mehr Ruhm mit Tantièmen ergattere – und wer sich bei alledem steif und fest einredet, Klugheit und Vorteil seien auf *seiner* Seite und *nur* auf seiner Seite – ja, wer wollte solch einem armen Teufel das kleine Vergnügen des Betruges nicht gönnen?! Man zahlt je nach seinen Verhältnissen die zehn Pfennig oder die zehn Goldstücke oder die zehn braunen Scheine, und wenn man den Betrug merkt, lacht man sich ins Fäustchen und freut sich, daß man keine Wanze ist; und was einem leid tut, ist nur der arme Kerl, der nun womöglich ganz stolz ist auf seinen »Coup«.

Meine Frau und ich haben beschlossen, dem jungen Herrn ein eigenes Schubfach zur Verfügung zu stellen, damit er darin seine Kinderwelt baue. Nach meinem eigenen

Jungentum zu schließen, wird er allerdings die Hosentasche vorziehen. Das Verhältnis zu den Dingen ist hier ein intimeres. Man hat auch alles für den ersten Griff bereit und nett beisammen: Kreisel, Mistkäfer, Aepfel und Schusterpech. Und dann – die Hauptsache! – es liegt nicht offen vor aller Augen da. Obwohl wir höchst diskret verfahren sind mit dem Geheimschatz des Prinzen Erasmus und uns das Lachen tapfer verbissen haben – er schien unser Vorgehen doch als eine Indiskretion zu empfinden. Es war eine Sache der Scham für ihn. Und man *soll* auch nicht einfallen ins Land der Kinderseele, man soll es behutsam anstellen, daß sie einen selbst hereinziehen. Wenn ihr Entzücken einmal recht groß ist, tun sie's schon.

Eine zartgebaute Welt, das Kinderparadies! Ein einziger rauher Hauch aus der kalten Welt der Erwachsenen – und tausend Blüten fallen auf einmal von seinen Bäumen. Es gibt ein Wunder, das ist so groß wie ein Pfennig, rund wie die Sonne und mildglänzend wie der Mond; du bewegst es ein wenig – und versteckte Farben leuchten daraus hervor: das durchsichtige Grün des Nordmeers, die Röte des Abendhimmels ... Laß aber ein paar unrechte und grobe Finger darüber kommen und es verächtlich auf den Tisch werfen – so ist es ein armseliger Perlmutterknopf! – – –

Flieh, auf, hinaus ins weite Land!

In den Pfingsttagen ist er wieder aufgestanden. Die Pranken hoch emporgestreckt zum Ansprung ...

Kusch!!

Und langsam, sehr langsam duckt er sich noch einmal in den Winkel.

Der *Wanderdämon*.

Wer stets daheim geblieben ist, in dem schläft er einen tiefen Schlaf. Ein solcher Mensch spricht ganz unschuldig solche Lästerungen aus wie:

»Wozu soll ich reisen? Kann ich's irgendwo schöner und behaglicher haben als in Hamburg?«

Oder: »Gehn Sie mir mit dem Reisen! Der reinste Selbstbetrug! Man gibt recht viel Geld aus, fühlt sich fortwährend unbehaglich und sagt immer ›O wie schön!‹ um sich nur zu beschwichtigen. Hab auch mal so'n Rundreisebillett durch 'n Harz gehabt. Bin gar nicht erst ausgestiegen. Gleich durchgefahren und wieder nach Hause ...«

Und was dergleichen Ahnungslosigkeiten mehr sind.

Aber wenn jener Dämon nur *einmal* Blut geleckt hat ...

Nehmen wir an, du machtest deine jährliche Reise im Juli, so meldet er sich nach der *ersten* Reise im Juni, nach der zweiten im Mai, nach der dritten schon im April, und nach wenigen Jahren, wenn du gerade vor dem Tannenbaum stehst und eine goldene Nuß hineinhängen willst, wachsen sehnsüchtige Bergriesen in dir empor, und über weltweite Alpengründe fließt Herdengeläut und millionensternige Blumenpracht.

Du schüttelst schnell den Kopf ... Still!! Kusch dich!! ...

Und der große, machtvolle Weihnachtsfriede deckt das liebe Ungeheuer zu – günstigenfalls, bis der erste Star unter deinem Fenster schrillt. Dann regt es sich ohne Gnade, und bald darauf wieder, wenn die »neun Sommertage des März« kommen – oder ausbleiben, je nachdem – und dann an dem Tage, da der *eine* große, warme Atemzug der Befreiung durch die Städte geht und alle Menschen, auch die in den Krankenstuben, sprechen: »Ja, *jetzt* ist der Frühling *wirklich* da!« – und dann in immer kürzeren Zwischenräumen.

In den Pfingsttagen richtete er sich gewaltig empor; ich spürte seinen heißen Atem an der Wange ...

An einem heiligen Pfingstmorgen in früher Kindheit ist er ja auch zum erstenmal in mir geweckt worden. Damals nahm ein älterer Bruder mich bei der Hand und führte mich das Ufer des breiten Elbstromes hinunter. Und sieh: jenseits des breiten, sonnigen Glanzes lagen blaue Berge, denkt euch nur: *blaue* Berge! Als mir mein Bruder dann noch sagte, die Bläue komme von den Heidelbeeren her, mit denen die Berge über und über bewachsen wären, da wuchs mein Verlangen ins Unendliche. Von jenen blauen Bergen kam meine Wanderlust.

Nun hatt' ich gesehen, daß es noch eine Welt gab jenseits unseres Dorfes. Mehr noch *gefühlt* als gesehen! Mein inneres Leben hatte ein Jenseits bekommen, eine nebelblaue Weite, in der meine Träume tanzen konnten. Von jenem Tag an gab es in meiner Seele Heimat und Fremde. Wir waren weit, weit gegangen, wenigstens für meine kurzen Kinderbeinchen, und zum erstenmal fühlt' ich den geheimnisvollen Zauber, den Ueberwindung des Raumes und Wechsel der Umgebung mit sich bringen. Ich weiß nicht, ob es anderen auch so ist: aber für mich hat die Ueberwindung großer Entfernungen, wie sie z. B. die Dampfkraft ermöglicht, etwas Anziehend-Unheimliches. So ein Handlungsreisender – ich bitte um Entschuldigung, wenn ich mich irre, und es gibt ja gewiß auch andere – spielt heute abend seinen Skat in Leipzig und morgen abend in Berlin, und wenn er beide Male gleiche Karten hat, ist es ihm ganz einerlei. Hab ich recht? Nun ja, es kann auch wohl nicht anders sein. Aber *ich* sage mir in solchem Falle gedankenvoll: »Gestern in München – und heute in Posen!« Und darin liegt dann so ein übermenschlicher Schicksalsklang wie etwa in den Worten: »Heute rot – morgen tot.« Es genügen schon die Bahnhöfe solcher zwei Endpunkte, um Schauer der Raumüberwindung in mir zu erwecken. Es mag wohl daher kommen, daß alle Dinge für mich Gesichter haben, seien es auch nur Steinwände, eiserne Träger oder bestaubte Fensterscheiben, keine Menschengesichter, sondern solche Gesichter, wie sie Steinwände, eiserne Träger und bestaubte Fensterscheiben eben haben ...

Und dann kamen alle die Pfingstfeste, da ich in der Nacht vor der Ausgießung des heiligen Geistes mit meiner Mutter bis zwei Uhr, bis drei Uhr bei der Lampe saß und seligen Blickes zusah, wie sie aus dem vergangenen Pfingststaat des Vaters den neuen Pfingststaat des Sohnes erstehen ließ. Ich sehe noch, wie auf den treuen, nimmermüden Händen der gelbe Lampenschimmer lag, ein Schimmer, der mir dann vor den stillen Augen zum gelben Sonnenschein auf Wald und Wiesenpfaden ward. Das schönste von allem Glück sind die geweihten Stunden der Erwartung, besonders die schweigend bewegten Nachtstunden, nach denen die Licht- und Klangfanfaren eines großen Morgens kommen sollen.

In solchen Nächten braucht man keinen Schlaf. Leg dich mit der Erwartung von Leiden nieder, und aus dem längsten und schwersten Schlaf erwachst du ohne Erquickung; wiegt sich aber dein Herz auf Flügeln fröhlicher Hoffnung, so nippst du wie ein Vogel einen einzigen Tropfen aus dem Wasser der Träume und fliegst gestärkt in den Morgen hinaus.

Ja, mit starken Beinen marschierten wir in allererster Frühe des Morgens hinaus. Die Tradition verlangte das: erste, keuscheste Herrgottsfrühe. »Herrgottsfrühe« – welch ein wunderbares Wort das ist! Alle Menschen schlafen noch; selbst die Vögel hocken noch im Nest; nur der Herrgott und du sind schon wach, und du fragst ganz unbefangen hinauf: »Wie wird's denn heut' werden?« denn er hat noch Zeit, ein Wort an dich allein zu wenden. Und leichte Sommerkleider verlangte die Tradition, bei den Mädeln sogar helle Kleider, wenn es auch sanft und hartnäckig regnete und der Regen nur selten unterbrochen ward durch ein wenig Schnee. Was Faust vom Ostermorgen sagt, mag ja im sechzehnten Jahrhundert richtig gewesen sein, heutzutage stimmt es nicht mehr, wenigstens nicht in Norddeutschland. Am Osterfeste macht man Schlittenpartien, freut sich aber, wenn man wieder beim Ofen sitzen und Grog trinken darf. Pfingsten ist das Fest, da die Menschen aus ihren steinernen Gräbern auferstehen, um Licht zu trinken. Und solch ein Fest verregnen lassen (womöglich noch mit Schnee dazwischen), das kann nur der Teufel tun; denn ein Herrgott bringt dergleichen einfach nicht übers Herz. Pfingsten im strömenden Regen beginnen und verrinnen sehen, das war so, wie wenn unser bester Freund uns meuchlings einen Dolchstich versetzt; man stand am Fenster und sprach in sich hinein:

»Das war kein Heldenstück, Oktavio!«

Ich zog meine Eltern so oft ans Fenster und wiederholte so oft die Behauptung, es beginne jetzt im Westen »aufzuklaren«, daß sie bald ganz meiner Meinung wurden und die günstigsten Prognosen stellten. Auf das Wetter hatte das freilich keinen Einfluß. Und es rührt mich noch heute ganz seltsam, wenn ich Arbeiter mit ihren Frauen und Kindern in dünnen, weißen Pfingstgewändern, die melancholisch am Leibe herunterhängen, unter dem Regen fröstelnd dahinschleichen sehe. Wer sich aus jedem Tage einen Sonntag machen kann, der hat gut mit überlegenem Spotte zu lächeln: »Warum heben diese Leute sich ihren Staat und ihr Vergnügen nicht auf für einen späteren Tag? Ein Sonntag ist doch wie der andere!«

Ganz recht: ein Sonntag ist wie der andere; aber keiner ist wie der Pfingstsonntag. Am Pfingstsonntag ist in diesen Leuten das Maß der Frühlingssehnsucht voll, und es *muß* überströmen.

Ja, Sommerkleider mußten es sein und Strohhüte, und in der Flasche mußte Himbeeressig sein – für unerfahrene Zungen ein köstlicher Trank – und in der »Botanisier«-Dose ein Frühstück mit Schinken, Eiern oder noch selteneren Dingen. Ich gebe gern zu – ich seh' nicht ein, warum ich mich genieren soll –, daß meine Seligkeit ein inniges Gemisch war von Schönheitsfreude und Schinkenhoffnung; aber ich bestreite auf das entschiedenste, daß sie nur aus letzterer bestanden habe, wie bei einigen meiner Kameraden. O nein, ich sah wohl die festliche Schönheit der breiten Wiesen, auf denen behende Burschen nach schlanken, tanzenden Mädchen haschten; ich blickte wohl mit heimlichem Entzücken seitwärts in grüne, heilig-dunkle Säulengänge, wo die Amseln furcht- und harmlos über den Weg liefen; ich sah wohl die Schönheit auf den Gesichtern, wenn dem blinden Geiger ein Groschen in den Hut fiel; ich bemerkte wohl, daß die weißen Segel auf dem Fluß so stillächelnd dahintändelten, als ergingen sie sich ziel- und wunschlos auf den Fluten der ewigen Seligkeit, und ich sah wohl, wie die Birke ihr langes Haar übers Gesicht fallen ließ, daß die Gräser damit spielten, und wie sie sich immer wieder neigte und sich immer wieder neigte und immer wieder, mit zärtlicher Geduld, wie eine junge Mutter. Und wenn ich damals gewußt hätte, daß *das* das Glück sei, was um die flüsternden Zweige flimmert und über den wandernden

Strömen schimmert – wenn ich das geahnt hätte ...!

Kann es euch wundern, daß gerade am Pfingstfest die Wandersehnsucht in mir aufstand, unbarmherzig, stark, wild, rauh, und dann mit einem Mal das ganze Innere mit lieblicher Glut erfüllend?

Daß ich mit einem Mal an einen kleinen Steg über einen Arm des grünen Dürrensees denken mußte, an ein paar Brettlein, von denen aus man eine andere Welt erblickt? Denn diese ungeheure, schweigende Runde wildauftrotzender Felsen gehört unmöglich zu der Welt, die wir kennen und in der wir leben. Dies Tal der ewigen Ruhe ist von der Welt des Strebens geschieden durch ewige Felsen. Hier trank ich bei lebendigem Leib die Wollust des Sterbens. Du stehst und starrst – und fühlst, wie unter dir das Tägliche versinkt; immer noch tiefer versinkt es, immer noch tiefer. Und starrend versinkst du selbst in unergründliche Tiefen der Seeleneinsamkeit. Du hast nicht Freund, nicht Weib, nicht Kind mehr; dein Leben ist ausgelöscht; du bist der letzte Mensch unter den furchtbaren Schauern steiniger Oede.

Und wie dein Blick noch starrend hängt am ragenden Geklüft, da steht mit einem Mal auf schimmerndem Grat eine ferne Erinnerung in rosigem Gewande und blickt dir gerad' ins Aug'. Habt ihr's gesehen, daß auf den höchsten Höhen Erinnerungen wohnen? Daß sie auf leuchtenden Zinnen stehen, über den schneeschimmernden Grat wandeln, an grauen, drohenden Abgründen hangen?

Ueber einem gebietenden Gipfel leuchtete mir die Erinnerung auf an den Tag, da ich, ein achtjähriger Bube, durch die blendend illuminierten Straßen meiner Heimatstadt geführt wurde und von allen Lippen das Wort klang: Der Friede ist geschlossen.

Jenen sanften Abhang herab kam die Erinnerung, wie ich, ein Jüngling, fast noch ein Knabe, durch abendlich-goldene

Felder ging, des Francis Bacon scharfes »Organon« in der Tasche, die Leiden des jungen Werther aber im Herzen und im Kopfe.

Ueber jenen Sattel aber mußte im nächsten Augenblick Hand in Hand der liebliche Reigen jener Stunden heraufkommen, da ich mit Ortrun am Strande saß und sie mir ihre Blumen ins Gesicht warf, weil sie zu schüchtern war, sie mir in die Hand zu geben.

So taust du allmählich wieder auf von Erstarrung und Tod und liesest in dem Gezack der Höhen und Abgründe die Linien eines Menschenlebens: Du hebst endlich wieder den Stab zu neuem Wandern, und mit dir wandern droben auf den Bergen die wilden, grauen Stunden deiner Kämpfe und alle sanften Tage deiner Liebe. –

Und kann es euch wundern, daß ich Pfingsten auch an Cenzi denken mußte, an Cenzi von Mayrhofen im Zillertal, deren Licht uns gastlich entgegenleuchtete, als wir drei Wandergesellen abends nach zweistündigem Marsch im Regen nach diesem Dorfe gelangten, weich bis ins Gemüt? An Cenzi, das Mädchen mit der revolutionären Orthographie und dem reichen Gemüt, das uns mit einer durchaus flüssigen Suppe und einem sehr reservierten Kalbsbraten erquickte und auf unseren einstimmigen Liebesschwur erklärte, daß sie unsere Gefühle erwidere, alles für einen Gulden siebzig? Freilich kann ich noch heute den nagenden Zweifel nicht los werden, ob Cenzi unsere Gulden nicht *noch* inniger liebte als uns: denn wenn wir noch dabei waren, das Letzte aus der Flasche ins Glas zu gießen, so fragte sie schon mit Leidenschaft: »Mögen S' noch ane?« und wenn wir dann mit Gefühl erwiderten: »Ja, bringen S' noch eine Viertel«, dann sprach sie: »Mögen S' net a Halbe?« Eine so naive, quellfrische Guldensehnsucht findet man nur noch bei den unverfälschten Kindern des Gebirges.

Oder nimmt es euch wunder, daß ich an Monika dachte,

an Monika vom Mahlknechtsjoch, die in jeder Beziehung runde Monika mit den runden Augen, die über alles lachte? Wenn man sagte: »Monika, bestellen Sie mir eine Droschke!«, so lachte Monika, das Merkwürdige aber war, wenn man sagte: »Monika, bringen Sie mir einen Kaiserschmarren!«, so lachte sie auch. Am meisten aber lachte sie, als einer von uns den Lehrsatz aufstellte: »'n *bißchen* dumm ist *jeder*.« Die Sache ist ja auch komisch. Und dann brachte sie einen niemals ganz zu bewältigenden Kaiserschmarren und eine Erbsensuppe, die so unendlich war wie ihre Fröhlichkeit, und alles stellte sie uns hin mit so mütterlicher Freundlichkeit, als wären wir ihre drei jüngsten Buben, die sie einmal gründlich durchfüttern müsse.

Oder daß ich an Mali dachte in der Dominikushütten, die mordssaubere, blitzäugige Mali, die so freundlich und so betulich war und dann zu dem Buben auf dem Hof, als sie nicht wußte, daß jemand auf dem Altane stand und sie hörte, die eindringlichen und hochtonigen Worte sprach: »Willst glei die Ziegen in Ruh lass'n, du sakrischer Lauskerl, malefizlischer!« Sie sprach das in einer Weise, die den Gedanken an eine eheliche Verbindung in das Innerste der Brust selbst eines geübten Ritters St. Georg zurückgescheucht hätte. Oder an den Aufstieg zum Pfitscher Joch, am Stampflerferner vorbei und an den kleinen dunklen Seen, die wie schwarze Augen regungslos in den Himmel starren? Oder an den Abstieg in das menschenarme, melancholische Pfitschtal, wo ich, als wir nahe vor St. Jakob angekommen waren, immer wieder zurückschauen mußte nach einer Kirche, über der ein himmlisches Licht entzündet war? Ihr müßt dem Wort »himmlisch« erst alle die Bedeutungen ausziehen, die unsere kleinen Mädchen ihm aufhängen, wenn sie von »himmlischen« Tüllgardinen oder von »himmlischen« Zeichenlehrern sprechen. Nehmt einmal bitte das Wort

»himmlisch« in seiner reinsten Ursprünglichkeit und denkt euch ein allerreinstes Licht! Ueber dem Kirchlein lag ein Gletscher im hellsten Mittagssonnenschein, und der Turm wies mitten in den Glanz. Es war ein alleinseligmachendes Kirchlein; wer hindurchging, der mußte unmittelbar ins ewige Licht gelangen, und selbst der schwärzeste Bösewicht, wenn er in den Bannkreis dieses Leuchtens trat, mußte sogleich erstrahlen wie der weißeste Engel.

Ach, leider ist dieses himmlische Licht ein Trug; in den Köpfen der Menschen fanden wir nichts davon. Welch ein psychologisches Raffinement, welche Kunst der Mitteilung gehörte dazu, um wieder auf den richtigen Pfad zu gelangen, den wir im strömenden Regen verloren hatten, und endlich einen Wagen zu bekommen, der uns in diesem Regen nach Sterzing brachte. Die Fahrt dauerte drei Stunden, von denen wir nach ungefährer Schätzung eine auf unseren Sitzen und nur zwei in der Luft verbrachten. Wir waren vorurteilslos genug, über jeden Stoß zu lachen, wenn unser Lachen nur nicht regelmäßig durch den nächsten Stoß abgebrochen worden wäre. Gleichwohl war unsere Stimmung die ausgelassenste Heiterkeit, wenn wir auch dazwischen mitunter den stillen Gedanken hatten, daß unser Wägelchen im nächsten Augenblick in tausend Splitter zerschmettert werden oder mit Insassen und Pferden in den Abgrund hinunterkollern würde, wo der durch den langen Regen übermäßig geschwellte Pfitschbach mit Donnern und Brausen abwärts stürzte. Der Kutscher stieß ein »Jesus Maria!« über das andere aus. Es war eine jener Situationen, die man, wenn man einmal darin ist, mit lächelndem »Mannesmut« hinnimmt, deren Wiederholung man aber künftig nach Möglichkeit zu vermeiden im stillen beschließt. Der niedlichste von allen Humoren war aber, daß wir schließlich noch auf eine lange Strecke aussteigen mußten und nun zu Vieren den an allen Rädern gebremsten Wagen zurückhielten, damit er den Pferden nicht auf die

Hacken falle und hübsch auf dem Weg bleibe. Es war noch ein wahres Glück, daß wenigstens der Regen anhielt. Wir hatten für solche Perioden der Trübsal einen Fundamentalsatz der Berliner Philosophie, den wir uns dann gegenseitig ins Herz prägten; er hieß: »Det is *jrade* wat Scheenes!« Solche Sätze sind viel wert. Es ist damit wie mit den Salmiak-Pastillen; eigentlich sind sie scheußlich; aber man hat wenigstens etwas in den Mund zu nehmen und in langen Stunden eine Unterhaltung.

Und schließlich kamen wir doch nach Sterzing in ein hübsches, blitzeblankes Hotel, und wer mir jetzt noch *ein Wort* auf die Kultur schimpft, der hat's mit mir zu tun.

Für die Natur braucht man nicht einzutreten, die verteidigt sich selbst.

Die redet aller Sprachen Sprache, die aller Menschen Muttersprache ist. Ihre Sprache klingt in Bergen und Tälern, aus Wäldern und Strömen. Und was mir das Gebirge Unaussprechliches vertraut hat: in wenigen Wochen geh' ich und sag' es mit stummen Lippen seiner geheimnisvollen Schwester, dem Meer, dem tausendstimmigen und millionenäugigen, dem herrlichen, dem – o, dem – dem –

Kusch!!!

Der süße Willy

Es war an einem Sonntag; denn der süße Willy sollte ein Sonntagskind werden. Der welthistorische Moment seiner Geburt war auf eine Minute vor zwölf Uhr mittags festgesetzt. Aber schon seit acht Uhr morgens waren im Schlafraum der Mutter außer der Hebamme, der Wärterin und der Amme sieben zukünftige Tanten und Cousinen gegenwärtig. Eine angeregte Unterhaltung und Pralinés sind für Wöchnerinnen im Augenblick ihrer Niederkunft sehr zuträglich. Von letzterwähntem, nicht genug zu empfehlendem Konfekt schoben abwechselnd Tante Bella und Tante Julchen der Leidenden ein Stück nach dem andern tröstend in den Mund. Tante Minka hatte es sich nicht nehmen lassen, ihren entzückenden Molly, einen seidenweich behaarten Choleriker, mitzubringen, der der Gebärenden beruhigende Laute zubellte oder fein langgezogenes Klagegeheul mit ihrem Wehgeschrei vereinigte. Tante Elvira dagegen, ein Fräulein von siebenundfünfzig, welcher nach unerforschlichem Ratschluß der Kindersegen versagt geblieben war, wiegte auf ihren Händen ein für den süßen Willy bestimmtes Puppenkerlchen, das, wenn man ihm nur geneigtest auf den Bauch drücken wollte, zwei Becken zusammenschlug und in anerkennenswerter Weise quietschte. Diese vier achtbaren Damen nahmen den Platz am Bette ein, der von Rechts wegen der Wehmutter und der Wärterin gebührte, den sie aber behaupteten in der richtigen Erkenntnis, daß die Nähe von Verwandten immer etwas Beruhigendes habe für »Frauen in solchen Umständen«.

Immer näher rückte der bedeutungsschwere Moment.

Frau Helmerding stieß einen furchtbaren Schrei aus; denn

die Mutter des süßen Willy hieß Frau Helmerding.

– Bäh – – – bäh – – – bäh – – –

Das Unvermeidliche war geschehen und nicht mehr rückgängig zu machen. Der süße Willy war mit beiden Füßen in etwas getreten, was man Leben nennt, und von nun an ein Faktor, mit dem die Welt zu rechnen hatte.

Die zärtlichen Verwandten, die vor der kritischen letzten halben Stunde doch geflohen waren, kehrten in Prozession zurück.

Damit das Seelenleben des süßen Willy ungetrübt und heiter dahinfließen könne von Anbeginn, hatte man seit acht Uhr ein Zuckerbeutelchen bereitgehalten. Der liebe Junge war nicht so bald vorhanden, als ihm Cousinchen Nelly mit dem Saugobjekt in den Mund fuhr. Willy lutschte schweigend am süßen Dasein.

Nachdem er gebadet worden war, ging er von Hand zu Hand. »Wie süüüß, wie rraitzend, wie hiiiimlisch, wie entttzückend!« und zum Schluß in siebenstimmigem Unisono sanft versäuselnd: »Wie süüüüß!«

Endlich kam die süße Last an Jungfer Elvira. Sie nahm mit sachkundiger Miene das Knäbchen wie ein Wäschebündel unter den linken Arm, ließ mit der rechten das Puppenkasperle tanzen und sang dazu ohne Schneidezähne das allerneueste Gassenhauerchen:

> »Mitten in der Elbe
> schwimmt ein Krokodil.«

Dabei hätte sie aber das Bündel Weltbürgertum beinah auf den Boden fallen lassen, und nur einem schnellen Griff der Wärterin verdankte der junge Helmerding sein Fortbestehen.

Der junge Helmerding war der Erstgeborene des alten. Dieser war aber noch gar nicht alt, zählte vielmehr erst behäbige vierzig Jahre. Mit neununddreißig hatte er sich verheiratet, nachdem er kurz vorher in einem Bauunternehmen einen kapitalen Zug getan und gleichzeitig in Erfahrung gebracht hatte, daß Frau Helmerding ihm vierzigtausend Taler mitbringen würde. Es gibt eine unkeusche Leichtfertigkeit, die früher heiratet, als solche Bedingungen gegeben sind, und Kinder auf Kinder in die Welt setzt. Wie konnte bei solchen Existenzen von jener wahrhaftigen, ruhigen, tief-sittlichen Vaterfreude die Rede sein, die er empfand, als er von der Fondsbörse zurückgekehrt war, das stille Glück der gestiegenen Kurse in der Tasche und das schreiende eines jungen Erben in den Armen! Der Junge sollte aber eine Erziehung genießen, daß sich der –! In die teuerste Schule, das stand fest. Wir haben es ja dazu.

Als man der Mutter davon sprach, daß das Kind, damit es sie nicht störe, in einem andern Zimmer bei der Amme schlafen solle, wäre sie fast außer sich geraten. So die Gefühle einer Mutter zu verletzen! Ha, eine Löwin, der man ihr Junges rauben will! Als aber der junge Löwe schon die erste Nacht unausgesetzt brüllte, weil er nicht schlief, erteilte sie am Morgen jenem Vorschlag ihre Genehmigung.

Der süße Willy machte jetzt einen nächtlichen Kursus für Lungengymnastik durch. Vermöge einer Ausdauer, die die beseligendsten Hoffnungen für seine spätere Entwickelung erwecken mußte, brachte er es bald dahin, daß beim Schreien sein edel gebildetes Profil hinter der Mundöffnung verschwand. Ein an poetischen Vergleichen reicher Mann würde den Mund in solchen Augenblicken einer aufgeklappten Zigarrenkiste nicht unähnlich gefunden haben. Was dem süßen Willy noch an Fülle und Rundung des Tones abging, ersetzte er durch Haarwurzelfeinheit des Timbres und durch warm beseelten Vortrag. Und in seinem noch unerhellten Bewußtsein lebte unverkennbar ein

Nachklang aus den glücklichen Zeiten der Folter. Wenn nämlich seine Amme in die süße Wollust des Entschlummerns versank und sich dort befand, wo wir nach Egmont »aufhören, zu sein«, begann der süße Willy zu schrein, sicher intonierend, den ersten Ton fest und kräftig aufsetzend, wie die Gesanglehrer sagen. Wenn dann die Amme, durch dieses eigenartige Zusammentreffen natürlich auf das angenehmste überrascht und erheitert, das unschuldige Wurm seinen seidenen Kissen entnahm, beeilte sich dieses, durch ein souveränes Lächeln auszudrücken, daß es mehr als Beschränktheit sei, wenn man glaube, ihm fehle irgend etwas. »Im Gegenteil!« leuchtet' es aus seinen edel-feurigen Augen, »toujours fidèle et sans souci!« Von neuem sorgfältig zum Schlaf gebettet, war er so rücksichtsvoll, mit dem Beginn der zweiten Konzertnummer zu warten, bis das Bewußtsein der Amme wieder zu neun Zehnteilen in bessere Gefilde entschwebt war und nur noch mit dem Rest im schlechten Diesseits verweilte. Hatte sich dieser Vorgang während der Nacht fünf- oder sechsmal wiederholt, so war die Amme am Morgen in jener Stimmung, aus der die Kündigungen und schroffen Abschiede hervorzugehen pflegen. Befolgte aber eine andere Amme das manchen Orts gelobte Prinzip: »Schreien lassen, was die Lunge hergeben will«, so blieb eine derartig rohe und herzlose Person natürlich keine acht Tage im Hause der liebevollen Helmerdings. Große Männer verbrauchen die Menschen ihrer Umgebung schnell. Da Willy ein großer Mann werden sollte, so verbrauchte er schon im ersten halben Jahre seines Lebens vier Ammen.

Es gehört zu den innigsten Ergötzungen eines Menschenfreundes, die Jugend eines großen Mannes zu durchforschen und in tausend kleinen Zügen eines von den trefflichsten Eltern herangebildeten kindlichen Charakters schon das Bild des späteren Menschen vorgebildet, in dem stillen Weben seiner Entfaltung schon die Kräfte seines zukünftigen Strebens und Wirkens tätig zu sehen. Seit Vollendung seines ersten Jahres wurde der süße Willy von seinen Eltern regelmäßig mit zur Tafel gezogen. Eine umfassende Geschmacksbildung offenbarte sich schon hier, und seinem strategischen Ueberblick entging kein Braten, kein Kompott, kein Ragout, kein Salat. Sein Verlangen, von jeder Schüssel zu erhalten, deutete er der Einfachheit halber durch ein mäßiges, fünf Sekunden langes Gebrüll an. Wurde sein Wunsch aus irgendeinem Grunde nicht sofort erfüllt – an dem guten Willen der Eltern mangelte es gewiß nicht –, so ergriff er mit ruhiger Entschlossenheit das nächste Mittel, d. h. die nächste Schüssel, um sie auf den Boden zu befördern. Mit einem sanften Verweis legte ihm alsdann die Mutter das Gewünschte reichlich auf den Teller. Wir würden jedoch aus dem Charakterbilde des süßen Willy den wesentlichen Zug des leicht verletzten Ehrgefühls fortlassen, wenn wir nicht betonten, daß er auf jenen Verweis wieder mit einem etwas gesteigerten Gebrüll von fünf Sekunden antwortete und seiner Mutter mit den zierlichen Stiefelchen gegen die Beine stieß.

Eine vornehme Verachtung der Magenfreuden bekundete Willy, sobald er satt war. Wenn er mit dem Löffel in die Suppe klatschte, daß die Spritzelchen umherflogen, oder wenn er den Finger in die Sauce tauchte, um sinnige Figuren auf das Tischtuch zu malen, so war der Vater in seiner philiströsen Auffassung der Kindesnatur vielleicht brutal genug, ihm das ernstlich zu verbieten; aber das weiche Herz der Mutter empfand richtiger.

»Was du das Kind auch immer kommandieren mußt! Kinder sind doch Kinder! Das arme Wurm weiß ja noch gar nich, daß er das nich darf. Muß nich wiedertun, hörs, mein Süßen?«

»Willy *will* aber malen!« Und Willy malte einen Kreis, der einen Kopf bedeuten sollte.

»Willy, du solls das nich tun!« mahnte die Mutter.

Willy zeichnete den Rumpf zu dem Kopfe.

»Willy, kanns du nich hörn?« fragte die Mutter.

Jetzt bekam der Rumpf Arme.

»Gott, Willy, nu laß das doch!« seufzte die Mutter.

Und Willy fügte mit zwei genialen Strichen die Beine hinzu.

»Hä, das bist du!« rief er, indem er seinen Papa mit lieblicher Dreistigkeit anlächelte.

Und die Eltern lachten in seliger Freude.

»Was doch der Junge für Einfälle hat!«

Und in überwallender Freude versetzte die Mutter dem süßen Bengelchen einige knallende Küsse.

Man hätte nun glauben sollen, daß ein so reichlich genährtes und mit den kräftigsten Nahrungsmitteln erzogenes Kind von Krankheiten verschont geblieben wäre. Seltsamerweise war dem nicht so. Der arme Willy mußte eine lange Reihe von Verdauungsstörungen mit deren Folgen durchmachen. Aber aus jedem Leiden ging sein Charakter gefestigter hervor; mit jeder Rekonvaleszenz nahm seine Willensstärke imposantere Dimensionen an. Konnte man diesem Kinde schon, wenn es gesund war, nichts versagen, so war es dem genesenden, »noch halbkranken Zuckerchen« gegenüber das einfachste Gebot der Elternliebe, die wiedererwachende Lebensfreude zu schüren, indem man die Wünsche des kleinen Herzens weckte, indem man fragte, ob es vielleicht dies wolle, oder ob es vielmehr das wünsche, oder ob es nach jenem Verlangen trage, oder – ob es nicht etwa vorziehe, gleich alle drei Dinge zu erhalten. Willy zog in der Regel dieses vor. Eine entzückend geniale Launenhaftigkeit veranlaßte ihn dabei, das, was er noch eben verlangt hatte, im nächsten Augenblick nicht mehr zu goutieren und es der nächsten Bonne oder Wärterin an den

Kopf zu werfen. Kindermädchen, Bonnen und Wärterinnen wechselten in seiner Umgebung immer häufiger. Es war offenkundig, daß alle Zärtlichkeit und alles Pflichtgefühl aus diesen Kreaturen geschwunden war. »Entsetzlicher Balg«, »unausstehliche Range« und ähnliche Blasphemien entblödeten diese Schamlosen sich nicht, in längeren Charakterschilderungen des kleinen Willy vor der Mutter anzuwenden, ja, eines der abgehenden Kindermädchen hatte dem armen Knaben sogar die naturgesetzliche Existenzberechtigung abgesprochen, indem es der Mutter mit beinahe wissenschaftlicher Bestimmtheit versicherte, Willy sei »ein wahres Untier«.

Willy Helmerding sollte neben vielen anderen Sterblichen dazu berufen sein, der ärztlichen Wissenschaft wiederholt ein so glänzendes Fiasko zu bereiten, daß dem Verfasser der »Kreutzer-Sonate« das Herz im Leibe gelacht hätte, wenn er es hätte beobachten können. Da zeigte es sich wieder einmal klar und offenbar, daß diese Herren Doktoren nicht einmal imstande sind, den einfachsten Darmkatarrh zu heilen. Unleserliche Rezepte konnten sie schreiben; aber so weit war ihre Wissenschaft natürlich nicht gediehen, daß sie die Annahme in Betracht zog, Willy werde vielleicht beim Einnehmen der Mixturen die Zähne zusammenbeißen und die köstliche Flüssigkeit der Wärterin ins Gesicht prusten! Einem ohnehin schon geschwächten Magen diätetische Enthaltung zumuten – einem fiebernden Kinde eiskalte Duschen verordnen: das waren noch die harmlosesten Einfälle ihrer vivisektorischen Grausamkeit. Ein wahres Wunder, daß sich nach all den Pfuschern endlich dennoch ein Arzt fand, der alle Schwierigkeiten auf ebenso überraschende wie leicht verständliche Weise löste! Dieser Mann bemerkte den Eltern mit seinem Spott, daß die letzte Ursache von Willys Krankheit in ihrer Affenliebe zu suchen sei und daß dem Kinde nichts fehle als ein Paar weniger borniertе Eltern. Da sah man auf den ersten Blick: der Mann hatte was gelernt! Herr Helmerding und Frau hörten seinem diagnostischen Vortrage mit offenem Munde und einem höchst intelligenten, entzückt-verbindlichen Lächeln zu. Uebrigens, hatte der Arzt in seiner verblümten Weise weiter erklärt, könne es ihm ja einerlei sein, ob sie ihr Kind zur Futtertonne machen wollten oder nicht; wenn man aber seine Anordnungen nicht befolgen wolle, so möge man sich nicht unterstehen, ihn rufen zu lassen; er werde sonst ihrem Boten die Tür weisen. Seltsamerweise gesundete Willy nach den Rezepten dieses Arztes auffallend schnell, und damit war wieder einmal bewiesen, wie sehr in der Medizin der Gebrauch der deutschen Sprache dem der lateinischen vorzuziehen ist.

Eine der traurigen Folgen von Willys Grundübel war auch ein länger andauerndes Ohrenleiden, dessen Heilung regelmäßige Einspritzungen erforderte. Solche Prozeduren pflegen trotz der Versicherungen der Aerzte niemals sehr angenehm zu sein, wie man denn überhaupt auf das subjektive Urteil der Aerzte in dieser Hinsicht nicht viel geben und es z. B. sehr wohl erleben kann, daß einem nach der mit gewinnender Liebenswürdigkeit gegebenen Versicherung, es handle sich um eine ganz leichte und schmerzlose Operation, ein Bein abgesägt wird. Immerhin aber erschien es übertrieben und nicht ausreichend motiviert, wenn Willy bei jedem Herannahen einer solchen Dusche eine Art Kannibalentanz ausführte und diverse Gegenstände zerschlug oder zertrat oder zerriß oder seine Mutter in den Finger biß. Der geschäftskluge Papa sah sehr bald ein, daß er bei weitem billiger »wegkomme«, wenn er seinem Einzigen für jede Einspritzung, die er sich hübsch gefallen lasse, eine Reichsmark verspreche. Und das tat er.

»Erst hinlegen!« bemerkte Willy mit treuherziger Offenheit; denn er hatte seinen Vater längst als das Muster eines klugen Mannes kennen gelernt.

Die Blicke der beiden Eltern begegneten sich in einem seligen Lächeln. Ein Blitzjunge!

»Na da, da liegt es!«

»Das sind ja nur zehn Pfennige!«

Papa wollte sich ausschütten vor Lachen und rückte endlich mit einer Reichsmark heraus.

Das Geld durfte Willy nach eigenem Belieben verwenden, und da er in jedem erreichbaren Konditor-, Viktualien-, Spielwaren- und Tabakladen erprobte, was er mit seiner Kasse erlangen könne, lernte er schon früh den Wert des Geldes schätzen.

Der scharfsinnige Leser wird sich längst gesagt haben, daß Willy im Verkehr mit anderen Kindern von bestrickenden Umgangsformen gewesen sein muß. In den ersten Jahren seines Knospendaseins hatte er immer einen großen Heiterkeitserfolg damit erzielt, daß er der Amme, seiner Mutter oder seinem Vater ins Gesicht schlug. Wenn Fremde zum Besuch da waren, wurde der in Freiheit dressierte Willy vorgeführt.

»Willy, schlag mich mal,« ermunterte die Mutter.

Willy, weit entfernt, sich zu zieren, schlug sie mal.

»Is das nu nich zu süß?« fragte Frau Helmerding.

Kein Gast konnte umhin, zu konstatieren, daß das in der Tat *zu* süß sei.

Willy setzte diese Produktionen in seinen späteren Jahren mit wachsendem Erfolge fort. Es war ihm Bedürfnis, fremde Kinder zu knuffen, bei den Haaren zu zupfen und zu stoßen, daß sie auf die Nase fielen. Doch bewahrte er immer die pietätvolle Rücksicht, die er, wie er wußte, älteren und größeren Kindern schuldig war; nur kleinere beglückte er mit seinen Gunstbezeigungen. Mit Vorliebe führte er seine Angriffe hinterrücks aus, einzig aus dem Grunde, weil so die Ueberraschung größer wurde. Verfolgten ihn dann die

Betroffenen, so wurde er sich seiner ganzen Hilflosigkeit bewußt, und wie rasend lief er davon, unausgesetzt »Mamaaa« brüllend, bis er seine Haustür erreicht hatte und wieder im Dunstkreis der mütterlichen Liebe atmete. Dann plötzlich wurde er sich seiner Würde mannhaft bewußt; er reckte sich zu seiner ganzen Höhe empor, ließ den Verfolger mit erhabener Kaltblütigkeit herankommen und spie ihm ins Gesicht. Keine Fischotter ist jemals behender ins Wasser geschlüpft, als Willy nach solcher Heldentat ins Haus glitt.

»Sie woll'n mir schon wieder 'was tuuun!« heulte er alsdann seiner Mama mit dem ganzen Schmerz eines bedrängten Kindes entgegen. Und wehe dem Vater oder der Mutter, die dann zu Frau Helmerding kamen, um sich über Willy zu beschweren.

> »Höheres bildet
> Selber die Kunst nicht, die göttlich geborne,
> Als die Mutter mit ihrem Sohn,«

wie sie dastanden: *sie* »ihr Kind« – das Wort »Kind« läßt sich mit so unschuldsvollem, alles verzeihendem Klange sprechen – ihr »Kind« verteidigend: »*Das* Kind? *Das* Kind? Oh – – –« und *er* hinter dem Rock der Mutter mit Grimassen hervorschielend.

Mit derselben Leidenschaft, wenn auch natürlich aus gesellschaftlicher Rücksicht dezenter, kniff und puffte Willy die Kinder, die mit ihren Eltern bei Helmerdings zum Besuch kamen. Der Lärm, der sich darauf erhob, wurde regelmäßig dadurch abgeschnitten, daß die besuchenden Eltern, wie es sich gehört, ihre Kinder wegen ihrer Ungezogenheit energisch tadelten. Die Höflichkeit ist eine so gefräßige Tugend, daß sie oft alle andern verschlingt. Die Erwachsenen, die Willy beim Kommen zunächst fragte, ob sie ihm etwas mitgebracht hätten, beehrte er damit, daß er an ihnen emporkletterte, an ihren Kleidern seine Stiefel abwischte, ihnen die Brillen von der Nase riß, sie mit Zigarrenasche bewarf und durch höchst wißbegierige Fragen nach ihren persönlichsten und delikatesten Angelegenheiten unterhielt. Freilich muß konstatiert werden, daß die Besucher ihn in diesen Aufmerksamkeiten ermunterten, indem sie den zärtlich mahnenden Eltern gegenüber bemerkten, oh, das schade nichts, das mache nichts aus, der Rock könne leicht wieder gereinigt werden; sie möchten ihren Willy doch gewähren lassen; er mache ihnen Spaß ...

So? Ob er das wirklich tue ...

Natürlich tue er das. Sie würden Himmel und Seligkeit verschworen haben, daß er »ein lebhafter, drolliger Bursche« sei, eine Kritik, die sie auf dem Heimwege auch insoweit bestätigten, als sie der Meinung waren, daß »die guten Helmerdings sich da eine allerliebste Kreatur heranzögen«.

Es versteht sich, daß Willy den ersten Unterricht im Hause empfing, zu seinem Unglück jedoch von Leuten, die einer wie der andere ihrer Aufgabe nicht gewachsen waren, und denen Herr Helmerding ihr Gehalt – er trug seine Goldstücke und Kassenscheine frei in der Westentasche, und aus der Westentasche bezahlte er – hinwarf mit der Frage, wie sie sich erdreisten könnten, sich als Erzieher »ängaschieren« zu lassen, da sie doch »keine blasse Ahnung« davon hätten, wie man mit Kindern umgehen müsse.

Den sehr begreiflichen Elternwunsch, das Kind fern vom bösen Beispiel fremder Kinder zu erziehen, mußten sich also die Helmerdings aus dem Sinn schlagen.

Zur Ehre des Mutterherzens muß gesagt werden, daß Willy den ersten Tag seines Schullebens nicht zu bestehen brauchte, ohne mit einem halben kalten Huhn, einem Fläschchen Rotwein, zwei Apfelsinen und einem halben Pfund Bonbons ausgerüstet zu sein, und nicht minder muß zur Ehre des Vaterherzens anerkannt werden, daß dieses Vaterherz anspannen ließ und seinen Liebling mit zwei Pferden der »Vorschule des Gymnasiums« zuführte. Die ersten Schulwochen verliefen ohne bemerkenswerten Zwischenfall; für alle Stunden zeigte der junge Helmerding insofern ein gleichmäßiges Interesse, als er in allen an die Vertilgung seines Frühstücks dachte und die Bewältigung dieses Stoffes ihm eine stets unverminderte Aufmerksamkeit abnötigte. In einem etwas anderen Sinne als der junge Lessing war er »ein Pferd, das doppeltes Futter haben muß«. Den Unterrichtsgegenständen gegenüber zeigte Willy jene Schwäche und Zartheit, welche die Mutter dem Lehrer von vornherein unter zehnmaliger Anrufung seines schonungsvollen Mitgefühls als die hervorragendsten Eigenschaften »des Kindes« bezeichnet hatte. Mit mimosenhafter Empfindlichkeit verschloß sich sein Geist vor der Berührung jeglicher Erkenntnis, und das »Noli me tangere« (zu deutsch: Nichts tangiert mich) war der unveränderliche Ausdruck seines Angesichts. Sein Gesicht gehörte freilich zu den in Romanen häufig erwähnten, die sich »nur in gewissen Augenblicken seltsam zu beleben scheinen«. Diese Augenblicke waren für Willy gekommen, sobald die Spielpause begonnen hatte. Auf dem Spielplatz erwarb er sich rasch eine allseitige Unbeliebtheit, gewann er im Sturme die Abneigung aller. Er bemerkte mit großem Schmerze, daß die Durchführung des Kneif- und Puffsystems hier auf fühlbaren Widerstand stieß. Das Verhältnis zwischen dem Hause Helmerding und der Schule blieb gleichwohl längere Zeit vorzüglich, bis – Willy mit nicht guten und endlich gar mit schlechten Zeugnissen nach Hause kam.

Jetzt hielt Herr Helmerding sen. den Augenblick für gekommen, da er dem Direktor der Schule in einer energischen Ansprache die kolossalen Mängel seiner Anstalt und die Grundverkehrtheit der dort beliebten erzieherischen

Maßnahmen explizieren müsse. Er tat dies unter wiederholter Betonung des Umstandes, daß »sein Kind« doch das Kind »wohlhabender«, »gebildeter« und »angesehener Eltern« sei. Der Direktor, der ein so ruhiger Mann war, daß seine Ruhe immer als die ausgesuchteste Höflichkeit erschien, erlaubte sich die Bemerkung, daß es immer etwas Mißliches habe, so abschließend über Dinge zu urteilen, von denen irgend etwas zu verstehen man nicht die Verpflichtung habe. Er unterbreite Herrn Helmerding hiermit die Protokolle, in denen nur die gröbsten Untaten und Nachlässigkeiten des Schülers Willy Helmerding verzeichnet ständen, in der Ueberzeugung, daß die Statistik eine vorzügliche Wissenschaft sei. Uebrigens könne er Herrn Helmerding Vater schon jetzt die Eröffnung machen, daß Helmerding Sohn aller Voraussicht nach das Klassenziel nicht erreichen und deshalb zu Ostern sitzen bleiben werde. Worauf Herr Helmerding meinte, das werde man – oho! – erst einmal abwarten, es gebe ja noch andere Schulen, in die man alsdann seinen Sohn bringen werde, und die wohl die »Individualität der Schüler« (das hatte Herr Helmerding irgendwo gehört) gerechter zu beurteilen verständen. Der Herr Direktor bemerkte darauf mit einem unsäglich betrübten Gesicht, daß er untröstlich sei, vor dieser Drohung nicht in dem Maße erschrecken zu können, wie es vielleicht wünschenswert wäre, daß seines Wissens keine Schule um träge und schlecht erzogene »Individualitäten« so dringend verlegen sei, und deshalb besonders eine staatliche Schule sich nicht in der glücklichen Lage sähe, den Fortgang eines Willy Helmerding mit versammeltem Lehrpersonal zu beweinen.

Auf dem Heimwege suchte der knirschende Vater nach einem möglichst entwürdigenden und verachtungsvollen Ausdruck für den Direktor. Seine ganze, grenzenlose Geringschätzung dieses Subjekts sollte sich in diesem Ausdruck erschöpfen. Es währte nicht lange, bis Herr

Helmerding diesen Ausdruck in dem Worte »hungrig« fand. Er konnte sich keine schimpflichere Charaktereigenschaft denken als den Hunger. »So'n hungriger Schulmeister!« knirschte er also, »so'n hungriger Schulmeister!«

Zu Hause angelangt, bemühte er sich redlich und aufrichtig (jeder Unparteiische mußte das anerkennen), seiner Gattin und seinem Sohne einen klaren Begriff davon zu geben, »*wie* er dem Herrn Direktor den Marsch geblasen habe«, und seine ausführliche Darlegung schloß er mit der an seinen Sohn gerichteten, innig-warmen, aus der Tiefe des Vaterherzens kommenden Mahnung, »sich man nix gefallen zu lassen«.

Trotzalledem! Das Unerhörte geschah; man hatte die Stirn, dem Ehepaar Helmerding um Ostern mitzuteilen, daß der süße Willy sich noch einmal den Unbequemlichkeiten des elementarsten Unterrichts zu unterziehen haben werde. Jetzt aber erschien *Frau* Helmerding im Amtszimmer des Direktors.

Daß ihr Willy nicht versetzt sei, liege natürlich nur daran, daß der Lehrer seine Pflicht nicht getan habe. Der wirklich mit einer niederträchtigen Ruhe begabte Direktor antwortete, ohne auf den Tenor dieser Bemerkung einzugehen, mit einem sehr instruktiven und ungemein fesselnden Vortrage über Gerichtswesen im allgemeinen und Injurienprozesse im besonderen, wobei er besonderes Gewicht auf die Tatsache legte, daß solche Prozesse bedauerlicherweise nicht immer mit Geldstrafen, sondern gegebenen Falles auch mit einer sehr lästigen Unfreiheit der Bewegung für den Verurteilten endigten. Den herbeigerufenen Lehrer fragte das gekränkte Mutterherz, ob er ihren Willy wohl nicht leiden möge, daß er ihn nicht versetzt habe. Worauf dieser weniger ruhige, dafür aber desto derbere Herr sie fragte, ob sie glaube, daß er jeden verzogenen Faulpelz mit derselben Affenliebe behandeln könne wie die resp. Mütter? Worauf die beleidigte Mutter erklärte, daß sie ihren Sohn hiermit »unwiderruflich« abmelde und ihn nicht einen Tag länger in einer Schule belassen werde, in der er solchermaßen um den Lohn seines Strebens betrogen werde. Worauf der ruhige und schweigende Direktor sich deutlich von seinem Sessel erhob und wiederholt abwechselnd mit je drei Sekunden langem Verweilen auf Frau Helmerding und auf die Tür blickte.

Willy wurde einer Privatschule übergeben – selbstverständlich! – mit hohem Schulgeld – selbstverständlich! Der Vater betonte dem Vorsteher gegenüber mit besonderem Nachdruck, daß für Willy Helmerding ein hohes Schulgeld bezahlt werde. Der Vorsteher klopfte Willy auf die Backen mit der Versicherung, daß er hier schon etwas lernen solle; dafür wolle *er* schon sorgen, der Herr Vorsteher. Dieser Herr entwickelte dann vor Herrn Helmerding in aussichtsvollen Worten sein pädagogisches Programm, in dessen Geiste sein Lehrpersonal wohl oder übel arbeiten müsse – er dulde nicht, daß auch nur ein Strich anders gemacht werde, als er es wünsche, das heiße: von den Lehrern; von den Schülern dergleichen zu fordern, bemerkte der Herr Vorsteher mit einem sonnigen Blick auf Willy, würde natürlich grausame Pedanterie sein. Aus welchem allen sich denn auch mit leichter Mühe schließen lasse – eine Schlußfolgerung, die er wohl nur bescheiden anzudeuten brauche –, daß die großen Erfolge seiner Schule im Grunde genommen einzig und allein auf seine Leitung zurückzuführen seien. Keine Schule könne so sehr die Individualität der Schüler berücksichtigen wie die seine. Hier könne Herr Helmerding etwas erleben an Berücksichtigung der Individualität – oh – es sei überhaupt gar nicht zu sagen, wie man hier berücksichtige. Hier geschehe überhaupt nichts anderes als Berücksichtigung der Individualität. Jeden Buchstaben, jeden Ton im Gesangunterricht, jeden Lehrsatz der Geometrie erzeuge resp. beweise der Zögling nach seiner Individualität, selbst wenn diese Individualität dahin ziele, den Lehrsatz *nicht* zu beweisen. Wenn sich Herr Helmerding oder sein kleiner braver Willy (ein wohlgefälliges Kitzeln des vorsteherlichen Zeigefingers unter dem Kinn des Zweihundertmarkschülers) durch die Maßnahmen der »Lehrpersonen« belästigt fühlten, so möchten sie nur zu ihm kommen; Gerechtigkeit sei sein Lebensprinzip.

Diese Schule war in gewissem Sinne das Ideal einer demokratischen Institution, insofern nämlich, als sie von sämtlichen Eltern geleitet wurde. Da die Eltern freilich ihre pädagogischen Anregungen von ihren Kindern erhielten, so waren im letzten Grunde diese die Herren des Schulorganismus. Der Disziplin, welche in dieser Anstalt herrschte, glaube ich kein größeres Lob aussprechen zu können, als wenn ich sage, daß sie eminent gemütlich war. Den Lehrern wurde stets nach wiederholtem Bitten bereitwillig das Wort erteilt, und es war keineswegs ausgeschlossen, daß man ihren Ausführungen einige Beachtung schenkte. Die ernsten Mahnungen und Drohungen der Lehrer wurden stets mit einem bescheidenen, aber unbefangenen Lächeln aufgenommen.

Leider stand die Beschränktheit der Lehrer oft den besten Absichten des Herrn Vorstehers im Wege. Er konnt' es nicht begreifen, wie ein geschulter Pädagoge auch nur einen Augenblick schwanken konnte, den August Papendieck auf zwei Tage vom Schulbesuche zu dispensieren, wenn die Schwägerin seines Großonkels Geburtstag feierte.

»Wollen Sie mir denn meine Schüler mit Gewalt vertreiben? Wenn wir den Knaben nicht auf zwei Tage dispensieren, so fehlt er vier Tage ohne Erlaubnis, und die Eltern sind beleidigt. Was meinen Sie, wenn die Papendiecks mir ihre vier Kinder aus der Schule nehmen, he? Dann sind achthundert Mark jährlich zum Teufel wie gar nichts, die wertvollen Geschenke nicht einmal gerechnet! *Sie* geben sie mir nicht wieder. Die Stapelfeldts waren auch hier und beschwerten sich bitter über die schlechten Zeugnisse ihres Emil.«

»Er hat die Zeugnisse bekommen, die er verdient.«

»Ach was, Ihre Schüler haben immer schlechte Zeugnisse. Sie beurteilen alles viel zu streng. Wir sind doch keine staatliche Schule! Das muß anders werden. Das geht nicht, das geht nicht, das *geht* nicht so weiter! Sie haben mir mit Ihrem finsteren Wesen schon mehrere Schüler vertrieben. Wo soll das hinaus? Wenn *Sie* mir die Schule verderben, so bleibt *mir* andererseits nichts übrig, als mein Lehrpersonal zu vermindern, seh'n Sie.«

»Ich werde Ihnen die Arbeiten des Jungen zeigen –«

»Ach Gott, das weiß ich ja! Schmierfink erster Klasse – aber das hilft uns alles nichts, lieber Herr Müller! Die Zensuren des Jungen *müssen* sich bessern, sonst – Sie sollten die Mutter kennen! Salpetersäure ist Mandelmilch gegen *die*!«

Wer aus unserer Schilderung nur ein annähernd richtiges Bild des Herrn Vorstehers empfangen hat, wer nur halbwegs nachempfunden hat, wie lebhaft dieser Mann für seine Zöglinge fühlte, welches Interesse er an ihnen nahm, der wird es mehr als begreiflich finden, daß der Mann eine bedenkliche Neigung zur horizontalen Lage zeigte, als man ihm eröffnete, Willy Helmerding müsse wiederum sitzen bleiben.

»Aber wissen Sie denn nicht, Herr Schulze, daß der Knabe gerade zu dem Zwecke zu *uns* gebracht wurde, daß er *nicht* sitzen bleibt? Willy Helmerding *wird versetzt, muß* versetzt werden, *unter allen Umständen* muß er versetzt werden; ich habe dem Vater schon längst das Versprechen gegeben.«

»Der Knabe ist nicht halb reif für die nächste Stufe –«

»Hilft nichts; Sie hören ja, daß ich gebunden bin. Die Helmerdings sind reiche Leute; bedenken Sie deren Einfluß. Im Handumdrehen ist meine Schule in Mißkredit gebracht. Wir können den Schlingel später einmal sitzen lassen; die Oberklassen erreicht er ja natürlich nie; aber jetzt – wie gesagt – jetzt: *auf keinen Fall.*«

Aber, ach, die Versetzung des süßen Willy sollte nur dazu dienen, die Leiden dieses schwergeprüften Kindes noch zu vermehren. Er geriet jetzt in die Hände eines Lehrers, der ein pädagogisches Genie war und in der Schule denjenigen Platz einnahm, den der Verstand des Vorstehers wegen dauernder Abwesenheit nicht ausfüllen konnte. Dieser unentbehrliche Mann hatte die üble Gewohnheit, konsequent zu sein und die Nase zu hoch zu halten, als daß man hätte darauf spielen können. Die an ein ungemein legeres Betragen gewöhnten Zöglinge, die ihm neu übergeben wurden, betrachteten ihn mit Furcht und Haß, was sie jedoch nicht hinderte, ihn bald zu vergöttern und sich am Ende des Schuljahres nicht von ihm trennen zu wollen. Willy war anerkennenswerterweise der erste, der eines Tages den rühmlichen Mut fand, die Zunge bis zur Wurzel herauszustrecken, als ihm der Lehrer eine Unart verwies. Dieser, der für solche Fälle ein prophetisches Gemüt besaß, hatte Willy nicht aus den Augen verloren und beobachtete dessen Zunge gerade im günstigsten Augenblick in ihrer ganzen Ausdehnung, obwohl Willy darauf, daß der Lehrer sie sehe, offenbar gar keinen Wert gelegt hatte. Und dieser unangenehme Mensch, anstatt dem unwissenden Kinde in liebevollen Worten die eigentliche Bestimmung der Zunge klarzumachen, griff zu einer nichts weniger als philanthropischen Maßregel. Die Maßregel, die er ergriff, bestand zunächst in einem Lineal, sodann in der Hose Willy Helmerdings und endlich in einer wiederholten gegenseitigen innigen Berührung dieser Gegenstände.

Man kann sich denken, daß nachmittags ein Uhr fünfzehn Minuten ein Schrei aus gebrochenem Mutterherzen das Haus Helmerding durchgellte, als Willy das Geschehene berichtete. Ganz still habe er gesessen, und kein Wort habe er gesprochen, und dennoch habe »Er« ihn »so furchtbar« geschlagen. O Schmach, es auszudenken! Nur das Auge der Mutter, vom Strahl der Liebe wunderbar erhellt, durch den Instinkt der Zärtlichkeit geschärft, konnte erkennen, wie dies Bekenntnis des Kindes aus dem freiesten Gewissen kam. Also um nichts! Nur um seiner bestialischen Roheit zu frönen –

Bestialische Roheit – Frau Helmerding fuhr vom Sofa empor – das sei das richtige Wort! Frau Helmerding beauftragte ihren Gatten, morgen früh dieses Wort sofort dem Vorsteher zu übermitteln. Im übrigen verlangte sie – das beleidigte Mutterherz hatte ein Recht, alles zu verlangen –, daß der Lehrer sofort entlassen werde. Entweder der Lehrer oder Willy Helmerding. Der brutale Folterknecht oder das gemißhandelte Kind. Aut – aut. Fürstenblut für Ochsenblut.

»Brutaler Folterknecht« sei übrigens auch ein gutes Wort und werde entschieden sehr gut wirken, meinte der Vater.

Nachdem die Gatten sich längere Zeit über die rhetorische und moralische Kraft dieser Worte unterhalten hatten (»*Das* sagst du ihm, *das* sagst du ihm, sag' ich dir; ich hätte das gesagt, sag' ihm nur!«), wurde beschlossen, daß beides gesagt werden solle, und daß man eventuell auch von einer »brutalen Roheit« und einem »bestialischen Folterknecht« sprechen könne.

Als Herr Helmerding am folgenden Tage vergeblich seine Redefiguren verschwendete und der Vorsteher sich durchaus, weil die geistige Kraft Willys ihm doch diejenige des Lehrers nicht ersetzen konnte, nicht entschließen wollte, sein inniges Verhältnis zu diesem zu lösen, verlegte sich der gekränkte Vater aufs Handeln. Er wolle sich zufrieden geben, wenn der »Mensch«, der Lehrer, das Ehepaar Helmerding um Verzeihung bitte und deren Kinde das Zugeständnis mache, daß er sich geirrt und in Uebereilung gehandelt habe.

Der Vorsteher ließ den Folterknecht kommen und klärte ihn über die Beschwerden und die Satisfaktionsbedürfnisse des Vaters auf.

»Ich habe in Uebereilung gehandelt, in der Tat,« begann der Lehrer.

Herrn Helmerdings Gesichtsausdruck wurde um fünfundzwanzig Prozent gekränkter.

»Ich bedaure das.«

Die Züge des Herrn Helmerding wurden um weitere fünfundzwanzig Prozent härter.

»Ich habe Ihrem Sohne unrecht getan –«

Herrn Helmerdings Antlitz zeigte den Ausdruck entschlossenster Impertinenz.

»– insofern, als ich ihm nicht genug gegeben habe, zumal er, wie ich sehe, nicht davor zurückscheut, seine Eltern mit hervorragender Dreistigkeit zu belügen. Wenn Sie indessen Wert darauf legen, kann das Versäumte noch nachgeholt werden.«

Das Gesicht des Herrn Helmerding schien jetzt plötzlich nur aus einer Mundöffnung zu bestehen.

Nur dem Umstande, daß der Vorsteher Herrn Helmerding schon vorher darauf aufmerksam gemacht hatte, jener Herr, der Lehrer Willys, sei ein sehr empfindlicher Charakter, der Benennungen wie »bestialischer Folterknecht« nicht gern höre, auch lasse seine Entschlossenheit nichts zu wünschen übrig, nur diesem Umstande ist es zuzuschreiben, daß Herr Helmerding, als er zur Tür hinausrannte, sich auf die wiederholte Versicherung: »Er werde ihnen schon zeigen! Er werde ihnen schon zeigen!« beschränkte, wobei er die Zurückbleibenden in quälendem Zweifel darüber zurückließ, *was* er ihnen zeigen werde.

Kaum hatte Herr Helmerding daheim zu Ende berichtet, als auch schon seine Gattin wie inspiriert vom Sessel emporfuhr. Anspannen lassen – mit dem Kinde zum Arzt fahren. Es war nun einmal die Botschaft zu ihr gedrungen, daß wir im humansten aller Zeitalter leben.

Nach einer halbstündigen Untersuchung erklärte der Arzt (es war nicht der ironische Herr von damals, dem man in dieser Sache entschieden kein Vertrauen schenken konnte) mit triumphierender Miene, es sei ihm soeben gelungen, festzustellen, daß der in Betracht kommende Körperteil Willys noch Spuren der Züchtigung zeige oder doch noch bis vor kurzem gezeigt haben müsse. Der Lehrer sei »geliefert«, unrettbar »geliefert«. Das Recht der Züchtigung stehe ihm ja zu; diese dürfe aber nach der Ansicht aller ihm bekannten Staatsanwälte, Richter und Disziplinarbehörden nie so weit gehen, daß mit ihr eine, wenn auch nur momentane, Störung im Wohlbefinden des Bestraften verbunden wäre.

Damit war nun freilich dem Rachebedürfnis der Frau Helmerding eine verlockende Perspektive, dem Erziehungsbedürfnis Willys aber noch keine neue Schule eröffnet. Aber auch dafür sollte Rat werden. Zum Glück gab es im Orte noch eine Privatschule, die sich den anderwärts Ausgestoßenen mit Hingebung und Aufopferung widmete, wenn bei den Eltern auf ein entsprechendes Maß von Hingebung und Opferwilligkeit gerechnet werden durfte. Diese Schule gehörte zu den idyllischen, anekdotenumwobenen Instituten, deren sich ehemalige Schüler noch nach vielen Dezennien in Stunden der höchsten Heiterkeit entsinnen, und die dem schnöden, prosaischen Verstaatlichungsdrange immer mehr zum Opfer fallen. Die Klassenzimmer dieses geweihten Bildungstempels waren von solchen Dimensionen, daß ihnen eine vierte wohl zu gönnen gewesen wäre. Dagegen konnte der Zeichen-Turn-Sing-Festsaal bescheidenen Ansprüchen wohl genügen, wenn die Frau Direktorin ihn nicht zum Trocknen von Kinderwäsche brauchte. Die Zeichenmodelle mußten stets um einige Tische von dem Schüler entfernt aufgestellt werden; sehr erklärlich deshalb, daß so durch Versehen oft Zeichnungen zustande kamen, die auf keines der vorhandenen Modelle mit Sicherheit zu schließen gestatteten. Uebrigens wurde der Turnunterricht, da an Geräten nur eine Reckstange ohne Reck vorhanden war, in der Regel nicht hier, sondern auf dem Stundenplan erteilt. Das Prinzip der Anschauung, auf dem bekanntlich die ganze neue Unterrichtsweise beruht, wurde hier mit Raffinement verfolgt. Dem geographischen Unterricht dienten nicht weniger als zwei Wandkarten. Auf der einen, die Europa darstellen sollte, erfreute sich Oesterreich noch der Lombardei, obwohl das schnellebige Jahrhundert schon weit über die Abtretung Elsaß-Lothringens hinaus war; die andere, ein Bild Afrikas, veranschaulichte durch ihre Farbe die rätselvolle Dunkelheit dieses Erdteils und zeigte mit Bezug auf das afrikanische Innere einen Grad der Unerforschtheit, der jeden Kongoneger mit den wehmütigsten Reminiszenzen erfüllen mußte. Um den physikalischen Unterricht machte sich eine betagte Luftpumpe verdient, die aus sämtlichen Ventilen seufzte und nur von einem Lehrer vorgeführt werden durfte, der eine hochentwickelte Beredsamkeit besaß und die Schüler auf diesem Wege überzeugen konnte, der Rezipient sitze nach viertelstündigem Pumpen wirklich fester als vordem. Aeußerte dennoch ein modern-pietätloser Schüler einen naseweisen Zweifel, so wurde er mit gebührender Entrüstung zurückgewiesen. Auch lebte in sämtlichen Lehrern der Anstalt eine durch Jahrzehnte geheiligte

Tradition, daß die Magnetnadel unter der Einwirkung des elektrischen Stromes nur dann von ihrer gewohnten Richtung abweiche, wenn man zu rechter Zeit energisch an den Tisch stoße. Der Vollständigkeit wegen müssen wir noch des Naturhistorischen Museums gedenken, das jahraus, jahrein auf einem Schrank der Oberklasse stand, zur Rasse der ausgestopften Wildschweine gehörte und, wenn es nicht gerade seine wissenschaftliche Mission zu erfüllen hatte, mit Vorliebe eine Primanermütze auf dem linken Ohr trug und aus einem Kalkstummel rauchte.

Ohne Zweifel würde auch diese Musteranstalt den hohen Ansprüchen Willys nicht genügt haben, wenn ihm noch eine Wahl geblieben wäre. So mußte er wohl oder übel seine Studien in diesen Mauern absolvieren. Uebrigens wurde sein Schulbesuch durch häufige und andauernde Krankheiten unterbrochen, die alle in dem Symptom übereinstimmten, daß sie sein Wohlbefinden nicht beeinträchtigten.

Bevor wir jedoch unsern süßen Willy aus der Schule entlassen und in das feindliche Leben hinausstoßen, haben wir den Bericht über seinen gesellschaftlichen Bildungsgang nachzuholen. Es ist selbstverständlich, daß, während er jede wissenschaftliche Ausbildung ablehnte, er seine weltmännische Erziehung nicht vernachlässigte. Das eine tun und das andere nicht lassen, sagte er sich mit Recht. Schon mit vierzehn Jahren konnte er auf drei tadellos angerauchte Meerschaum-Zigarrenspitzen zurückblicken. Da er bereits mit fünfzehn Jahren eine militärpflichtige Länge und Breite aufweisen konnte, wurde es ihm nicht schwer, in jeder Bierkneipe eine seinen Jahren entsprechende Anzahl von Seideln zu erhalten. Den nicht ganz unnatürlichen Widerwillen, den der jugendliche Deutsche als Anfänger bei der Vertilgung des fünfzehnten Seidels empfindet, bekämpfte Willy mit Selbstverleugnung, wenn auch sein Gesicht eine interessante Blässe zeigte, und mit sechzehn Jahren belächelte er seiner Genossen Klagen über die Schrecken des Katzenjammers mit der Ruhe eines Weisen. Als seine Eltern es eines Abends wagten, ihm wegen späten Nachhausekommens Vorwürfe zu machen, ergriff er das unter diesen Umständen einzig richtige und jungen Leuten in seiner Lage nicht dringend genug zu empfehlende Mittel, um solche Eingriffe in das Recht der Jugend ebenso höflich wie entschieden abzulehnen: er kam die nächste Nacht überhaupt nicht nach Hause. Wer will das elterliche Gefühl schelten, wenn es am Morgen eifrig darob sorgte, daß der Stolz des Hauses nicht im Kleiderschrank zu Bette ging; wer will die Zärtlichkeit der Eltern verklagen, wenn sie in Demut schwiegen, während das volle Gefäß ihrer Hoffnungen schnarchte? Natürlich war ein Elternpaar wie dieses diskret genug, nie wieder ein Thema zu berühren, das das »feurige Gemüt« des Jünglings verletzen *mußte*. Zeitigte doch auch seine Entwicklung auf anderen Gebieten die anmutigsten Blüten! Er hatte eine Art, den Walzer und den Lancier zu tanzen, die man auf dem feinsten Pariser Kokottenball als très-chic bezeichnet haben würde. Es war eine Augenweide, ihn Billard spielen zu sehen! Diese bei keinem Stoß außer acht gelassene graziöse Beugung des auf der Fußspitze ruhenden linken Beines, dieses nicht minder graziöse Heben der letzten Finger der rechten Hand, diese stark akzentuierende Herauskehrung jener ästhetisch geschwellten Muskeln, die zur Verlängerung des Rückens dienen: das alles erschien in einer Vollendung, wie sie nur eine täglich fünfstündige Uebung erzielt. Diese Uebungen pflog Willy gewöhnlich in der Gesellschaft von fünf oder sechs Altersgenossen unter der künstlerischen Leitung eines Billardkellners, der einen Ball über die ganze Länge des Billards zurückziehen konnte und zu dem Willy deshalb herzliche Beziehungen unterhielt. Dieser vielerfahrene Mann, der seinen jungen Freunden gegen gutes Trinkgeld mit vielem Humor aus dem Schatze seiner praktisch-galanten Weltkenntnis mitteilte und ihnen Geschichten für die reifste Jugend erzählte, war unbegreiflicherweise der einzige im Restaurant, der auf ihre Unterhaltung Wert legte. Obgleich die sechs jungen Leute nicht ermüdeten, in jeder Minute zwölf Witze zu machen, und sie mit einem Stimmaufwande zu Gehör brachten, der auch den Entferntsitzenden vom Genusse nicht ausschloß, bemerkte man auf den Gesichtern der Anwesenden, die nach jedem Bonmot sorgfältig studiert wurden, nicht die leiseste Spur von Beifall. Ja, es kam sogar vor, daß einzelne Gäste mit unverhohlenem Aerger ihr Bier austranken, das Seidel mit Betonung auf den Tisch setzten und nachdrücklichst aufbrachen. Daß aber ein dicker, freundlicher Herr mit einem Fritz-Reuter-Gesicht sie eines Tages mit einschmeichelnder Vertraulichkeit fragte, ob sie denn nicht lieber Marmel spielten, und damit ein schallendes Gelächter bei allen anderen Gästen entfesselte: das war entschieden mehr, als man sich bieten lassen konnte. Es kam zu einem sehr heftigen Auftritt, bei dem der schändlich undankbare Billardkellner sich erfrechte, die jungen Freunde unter Anwendung der unverschämtesten Redensarten, wie »grüne Jungen« usw., nach der Tür zu drängen, und in welchem unser Willy noch eben vor Verlassen des Lokals Gelegenheit fand, eine Fensterscheibe zu demolieren. Diese Heldentat brachte ihm die Bewunderung seiner Genossen und ein polizeiliches Strafmandat ein. Papa Helmerding bezahlte die ganze Lumperei mit Stolz und Rührung und einem Kassenschein aus der Westentasche.

Charakterisierte jene Tat die herbe Männlichkeit des jungen Willy, so gaben seine frühen Beziehungen zum zarten Geschlechte die köstlichsten Proben von der Süße seines Wesens. Ob er Glück bei den Frauen hatte? »Eine nicht aufzuwerfende Frage!« Werden nicht fünfundneunzig Prozent unserer Mädchen dazu erzogen, daß sie Willy gefallen und Willy sie entzücke? Hat unsere Gesellschaft nicht für jeden süßen Willy eine süße Tilly? Stehen diese Damen nicht kunstbegeistert am Droschkenschlag, wenn der jugendliche Held und Liebhaber einsteigt, und werfen sie ihm nicht während des Monologs »Sein oder nicht sein« einen großen Blumenstrauß gegen den Bauch, wofern er hübsch ist? Mit einer Frühreife, die den Byronschen Don Juan mit giftigem Neide erfüllt hätte, empfand Willy schon im elften Jahre die leise Regung, daß man die Frauen nicht in den Rücken puffen, vielmehr ihnen zart entgegenkommen soll. Zunächst bemühte er sich, Mimi Petersen möglichst oft und zart entgegenzukommen und vor ihr mit den Manieren eines eben vollendeten Gentleman in absolut wagerechter Richtung den Hut zu ziehen. Mimis ebenfalls elfjähriges Herz war empfänglich für solche Freundlichkeiten und durch ihre Erziehung auf den gleichen Ton gestimmt wie das Herz unseres Helden. Ein goldener Frauen- und Jungfrauenspiegel leistete ihr und ihrer Mutter die wesentlichsten Dienste beim Erziehungsgeschäfte. Eine goldene Damenuhr von koketter Kleinheit unterrichtete Mimi über den langsamen Gang der Schulstunden, die sie in bescheidener Zurückgezogenheit auf dem letzten Klassenplatze verlebte. Ihre beringten Finger staken in den feinsten Seidenhandschuhen, und ein duftiger Spitzenparasol kreiste über dem modernsten Sommerhütchen. Sehr bald entdeckte Willy, daß es seinen Eindruck nicht verfehlen könne, wenn er ihr auf dem Heimwege von der Schule die Büchermappe abnehme. Schon beim zweiten Male begleitete er diese Galanterie mit der Ueberreichung einer kostbaren Bonbonniere, die der Westentasche seines Vaters fünf Mark kostete. Solange sein Vater Geld hatte, hatte es Willy auch. Jene Präliminarien würden nun zweifellos zu einem abendlichen Stelldichein geführt haben, wenn nicht ein unfreundliches Schicksal trennend zwischen Willy und Mimi getreten wäre. Ein von

Willy an Mimi gerichtetes Billetdoux, in dem Grammatik, Orthographie und Kalligraphie in schöner Vereinigung fehlten, geriet in die Hände des Ehepaares Petersen, und dieses inhibierte einen weiteren Verkehr, da es fest entschlossen war, seine Tochter in *dieser* Beziehung streng sittlich zu erziehen. Aber schon drei Tage später gaben Buchdrucker Löhmanns von der »Gerechtigkeit« ein Kinderfest mit Frack, Lack und Claque und Trüffeln und Pommery und Chartreuse, und Willy tröstete sich durch eine neue entente cordiale. Natürlich machte er innerhalb der vorgeschriebenen Frist seine »Verdauungsvisite« – Kavalier verabsäumt dergleichen nie. Zu Hause hatte er freilich zu Frau Helmerdings tiefster Indignation erzählt, bei der Gesellschaft sei einer gewesen, der habe »den Fisch mit's Messer gegessen«, die guten Löhmanns lüden sich überhaupt Krethi und Plethi ein, das passe ihm nicht. Durch einen Ohrenzeugen ist uns aus Willys dreizehntem Lebensjahre ein von ihm und mehreren Busenfreunden geführtes Gespräch erhalten, das durch seine kindliche Einfalt und Schlichtheit einen unvergänglichen Reiz behauptet. Dieses Gespräch fand statt, als Willy eines Abends wie gewöhnlich in der Nähe seines Hauses, von einer stattlichen Korona mitfühlender Genossen umgeben, auf einem Gartenzaune saß, die zierlichen blauen Ringe einer Havanna in die Abendluft blies und die des Weges kommenden zehn- bis sechzehnjährigen Beautés Revue passieren ließ.

»Du, Willy, da geht Lina Schütze, deine alte Liebe!«

»Ach, die, – na – das *war* einmal,« warf Willy hin, mit unaussprechlicher Nonchalance die Asche von seiner Regalia knipsend.

»Sie ist übrigens gar nicht übel, du!«

»Ach was, Schellfischaugen!« urteilte Willy, und lautes Gelächter folgte seiner Kritik. »Da solltet ihr mal Olga

Reimers sehen! Acht Tänze hab' ich neulich mit ihr getanzt. Donnerwetter, ich sag' euch, 'n schneidiges Mädel!« Und seine Havanna glühte im Halbdunkel begeistert auf.

»Die Lina Schütze ist aber auch nicht wenig grimmig auf dich!«

»Pah – wat ick mir dafür koofe!« trällerte Willy. »Ist mir ja nichts dran gelegen, sonst – mit'n Stück Cremeschokolade krieg' ich sie 'rum.«

»Na? Ich weiß nicht so recht –«

»Ach du, lehr' du mich die Weiber kennen, ja? Ich meine, wenn einer sie kennt, kenn' ich sie.«

Willy blickte im Kreise umher – allgemeine Zustimmung.

»Für 'ne Tafel Schokolade, sag' ich dir! Wetten?«

»Ja, wetten!«

»Um was?«

»Um zwanzig Zigaretten – aber ›King‹!«

»Abgemacht! Hau durch, Ehlers!«

In diesem Augenblick rief einer der Herren: »Achtung!« – Alles machte Front und riß vor Klara Meißner, einer brünetten Dame von dreizehn Jahren, mit einstimmigem »Ah!« die Kopfbedeckung herunter. Klara fand diese Huldigung so schmeichelhaft, daß sie sich umdrehte und noch einmal zurücklächelte, eine Liebenswürdigkeit, die die Versammelten mit den elegantesten Kußhändchen von der Welt beantworteten.

»Junge, die kann aber Blicke schmeißen, was? Die hat was Dämonisches!«

»Hm, geht an,« murmelte Willy mit Herablassung. »Wißt ihr, diese Brünetten haben gewöhnlich diesen gelben Teint ...« – – – –

Leider erstreckte sich Willys wählerischer Geschmack in späteren Jahren nicht in demselben Maße auf die Reinheit der Seelen wie hier auf die Reinheit des Teints. Sein achtzehntes Lebensjahr ist in dieser Hinsicht besonders bedeutungsvoll. Eine Dame, deren allgemeine Beliebtheit sich leider auf die Herrenwelt beschränkte und die »ihrem süßen Willy« an Alter und Erfahrung weit überlegen war, vermochte ihn an einem schönen Tage dieses Jahres, mit ihr den Zug nach Berlin zu besteigen und seinen Vater mit Ungewißheit über den Verbleib von fünftausend Mark zu erfüllen. Nachdem Willy drei Tage lang die Vorzüge der Residenz genossen hatte, erschien in sämtlichen großen Zeitungen Deutschlands folgendes Inserat:

> **Willy!**
>
> Bitte, kehre zurück! Wir ängstigen uns furchtbar um dich! Alles ist dir verziehen!

Dieser Beweis elterlicher Zärtlichkeit rührte Willy so tief, daß er beschloß, sofort zurückzukehren, sobald seine Kasse erschöpft sei. Nach weiteren zwölf Tagen war dieses Ziel erreicht, und jetzt hielt es ihn nicht länger in der kalten Fremde. Er erbat sich per Telegramm von Papa Helmerding das Geld zur Rückreise und kehrte ohne die Wonne seines Herzens zurück, obschon er sich auf dem Höhepunkte der fünftausend Mark mit ihr verlobt hatte. Den Empfang wird sich jeder Leser, wofern er ein Verständnis für Familienfeste hat, selbst ausmalen können. Papa Helmerding würde seinem verlorenen und wiedergefundenen Sohne ein Kalb geschlachtet haben, und wenn es sein Leben gekostet hätte.

Seit undenklichen Zeiten ist es als die größte und bewundernswürdigste Tat kindlicher Pietät gepriesen und in unsterblichen Romanen verherrlicht worden, daß ein Kind seinen Eltern zuliebe auf ein ganzes Liebes- und Lebensglück verzichtet. Mit staunenswerter Fassung und Selbstüberwindung entsagte Willy auf dringendes Bitten seiner Eltern seiner Verlobten sofort und für immer. Seine Geliebte, die von den Berliner Vergnügungen mindestens die Mittel zur Rückreise erübrigt hatte, zeigte bald, daß ihre Seelengröße nicht hinter der seinigen zurückblieb. Sie fand sich nach mehreren Monaten ein und war entsagungsvoll genug, ihr Glück für immer zu Grabe zu tragen und sich mit den Begräbniskosten zu begnügen. Sehr feinfühlig und taktvoll gab sie dabei zu erkennen, daß ein *kleines* Opfer das lebhafte Gefühl der Helmerdings, ihr genug tun zu müssen, nicht *auf die Dauer* befriedigen könne. Willy aber gab in einer großen und edlen Wallung seinem Vater das reuige

Versprechen, in Zukunft in allen ähnlichen Affären vorsichtiger sein zu wollen, zumal der alte Helmerding seinem Sohne in einer Poloniusszene klargemacht hatte, daß man ganz dieselben Ziele mit weniger Kosten erreichen könne.

Unter diesen und sehr ähnlichen Vorfällen kam allgemach die Zeit heran, da Willy seine unschätzbaren Dienste dem Vaterlande weihen sollte. Leider hatte das dazu in erster Linie nötige Requisit der Einjährig-Freiwilligen-Berechtigung noch nicht beschafft werden können. Selbst die »Presse« des Dr. Ritsching, eine Unterrichtsanstalt, die in einem halben Jahre eine ganze einjährige Intelligenz produzierte, hatte auf Willy nur einen unter der Schädeldecke fühlbaren dumpfen Druck ausgeübt, ohne daß der Verstand auf diesen Druck reagiert hätte. Trotzdem lagen die Verhältnisse für Willy nach Absolvierung des schriftlichen Examens nicht ungünstig; denn seine stilistischen und seine Uebersetzungsarbeiten hatten die Prüfungskommission in jene gehobene, humorvolle Stimmung versetzt, der die nachsichtige Milde so nahe liegt. Ja, gleich zu Beginn der mündlichen Prüfung, von der man auf inständige Verwendung des alten Helmerding nicht abgesehen hatte, betrachteten sich die Herren *diesen* jungen Mann, wie es schien, mit einem ganz besonderen, heiteren Wohlwollen. Indessen traten im Verlaufe der Prüfung die körperlichen Vorzüge Willys so entschieden gegen seine geistigen in den Vordergrund, daß man ihm am Schlusse nach einstimmiger Entscheidung die Qualifikation für eine dreijährige Uebung nicht absprechen konnte.

Zu alledem kam noch, daß der Hausarzt der Helmerdings (es war wieder der sarkastische Herr von damals) dem jungen Manne nach eingehendster Untersuchung seines Körpers erklärt hatte, er werde »unbedingt seine drei Jahre abreißen müssen«, ja, um jede gesundheitliche Befürchtung abzuschneiden, hatte er hinzugefügt, daß ihm dies gar nicht schaden könne. Plattfüße entdeckte er, wie wir ausdrücklich hervorheben müssen, an dem jungen Helmerding nicht, obwohl diese Eigentümlichkeit gewiß zu seiner Individualität nicht in Widerspruch gestanden hätte. Um so freudiger war die Ueberraschung, daß die Aushebungskommission, die ihn und seinen Vater allerdings besser kennen mußte, mit großer Einhelligkeit von der Plattfüßigkeit Willys durchdrungen war und ihn deshalb nur für einen leichten Ersatzreservedienst bestimmte. Und mit Jubel, mit inniger Glückseligkeit, mit erhabener Begeisterung und Freude beging man daheim, beging besonders die »von frommem Dank durchdrungene« Mutter das Fest der platten Füße.

Unter solchen vielverheißenden Auspizien trat Willy endlich in jenes reife Jünglingsalter ein, das sein kühner Geist schon lange vorweggenommen hatte. Und daß er am Sonntage eine Minute vor Zwölf geboren worden war, sollte auch für die Folgezeit ein günstiges Omen sein. Willy kam immer zur rechten Zeit, immer, wenn der Sonntag auf seinem Höhepunkte stand. Daß er zur militärischen Uebung gar nicht einberufen wurde, weil er »überzählig« war, und sein späterer, partout »nationaler«, treu zu Kaiser und Reich trinkender Diner-Patriotismus ihm so auch nicht das geringste kostete, verdient kaum der Erwähnung. Aber auf dem Plan der Landeslotterie stand mit zollgroßen Lettern gedruckt: »Der größte Gewinn ist im glücklichsten Fall sechshunderttausend Mark!« und für wen konnte die Vorsehung diesen Fall vorgesehen haben, wenn nicht für Willy? Seit fünfunddreißig Jahren waren das Große Los und die Prämie nicht zusammengefallen; aber in der ersten Lotterie, an der sich Willy beteiligte und in der viele, viele Tausende von armen Schneidern, Schustern und Kesselflickern durchfielen, vereinigte sie ihre Nullen auf das Kind des Glücks und der Helmerdings. Und der

116

Zentralbahnhof, der nach zwei Jahren in der Stadtverordnetensitzung beschlossen und bald darauf von der Regierung genehmigt wurde, erhöhte den Wert der Willy Helmerdingschen Häuser, weil sie ganz in der Nähe des zukünftigen Bahnhofs lagen, auf das Doppelte, ohne daß Willy etwas anderes hätte zu tun brauchen, als den Wert der Häuser mit zwei zu multiplizieren und sich dann über das Produkt zu freuen. An der Börse richtete sich Willy mit Vorliebe so ein, daß er bei Baisse kaufte und bei Hausse verkaufte. Was er aufgehoben hatte, das war Hausse, und was er hatte fallen lassen, das war Baisse.

Doch befriedigte ihn der Gang der großen chemischen Fabrik nicht, an der er seit seinem sechsundzwanzigsten Jahre als einer der ersten Aktionäre beteiligt war. Das Unternehmen hielt sich – ja – aber nur so so, und an Dividenden war für lange Zeit nicht zu denken. Denn es bestand noch ein anderes, ebenso großes und viel älteres Unternehmen in der Stadt, und es mit diesem aufzunehmen, schien nachgerade unmöglich zu werden. Aber eines schönen Sonntags starb der alleinige Besitzer dieser anderen Fabrik, Herr Dr. Pfeiffer, an einem Herzschlage. Grund genug für Willy, in der nächsten Versammlung der Aktionäre eine Idee zu haben. Die andre Fabrik ankaufen! Sei der Verstorbene ein vorzüglicher Geschäftsmann gewesen, so verstehe seine kinderlose Witwe von geschäftlichen Dingen leider oder gottlob so gut wie nichts. Nur habgierig sei sie, und kosten werde das etwas; aber der Erfolg sei in seiner Großartigkeit gar nicht abzuschätzen. Und in der Tat, die Witwe forderte nicht wenig. Zwei Millionen, und keinen Pfennig weniger. Das war hart; aber Willy war härter und drang bei seinen Konsorten durch.

Schon seit längerer Zeit bemerkten die Helmerdings eine auffallende Veränderung an ihrem Kinde. Willys Wangen schienen einzufallen; seine Augen waren oft starr auf einen

Punkt gerichtet; eine düstere Melancholie umschattete sein Antlitz; dann wieder schien eine plötzliche Verklärung seine Züge zu umglänzen. Sein Gang war ungleichmäßig, bald schleppend und müde, bald hastig und aufgeregt. Er floh der Brüder wilden Reih'n und irrte allein, während er sonst in Gesellschaft geirrt hatte. Selten kam ein Wort über seine Lippen; nur wenn die besorgte Mutter ihm die Wangen streichelte und warnend sprach: »Du arbeits zu viel, mein Willy,« antwortete er ihr mit einem kindlichen »Ach was!«. Essen und Trinken genoß er nicht mehr mit jener inbrünstigen Konzentration auf Gabel und Glas, wie man sie an ihm gewohnt war; er betrieb das wie ein gleichgültiges Geschäft, *wenn* er es überhaupt als ein Geschäft betrachtete.

Eines Tages aber ging die Sonne Willys wieder strahlend auf im Hause Helmerding. Wer an diesem Tage vier Uhr zwanzig Minuten nachmittags zu den Helmerdings ins Zimmer getreten wäre, würde gesehen und gehört haben, wie der Papa und die Mama ihren Sohn abwechselnd umklammerten und unter Schnaufen und Weinen (dieses kam auf Rechnung der ewig weiblichen Frau Helmerding) ihrem Sohne zuriefen:

»Viel Glück, mein Willy! Viel Glück, mein Willy! – Du bist 'n gutes Kind, jaa, un has deinen Eltern immer Freude gemacht; jaa, un viel Glück auch, mein Willy!«

Willy hatte nämlich seinen Eltern soeben die Mitteilung gemacht, daß er sich mit einer Doppelmillion verlobt habe und die Witwe des Dr. Pfeiffer als Mitgift erhalte, die, wie er am folgenden Abend einer superben Balletteuse vom Stadttheater beim Champagner erzählte, »hoch in den Neununddreißigern« war und noch Spuren früherer Häßlichkeit zeigte.

Erst jetzt erkannten die Aktionäre *einstimmig* die Rentabilität des Ankaufs.

Die alten Helmerdings konnten sich über diesen genialen Streich ihres Kindes gar nicht beruhigen, und als sie in der Nacht, die diesem Tage folgte, erst gegen Morgen entschlummerten, sahen beide im Traum die gleiche Verlobungsanzeige:

> »Zwei Millionen
> Willy Helmerding
> Verlobte.«

Aber im Traumbilde der Mutter umschlang ein lieblich grünender Myrtenkranz das Ganze.

»Meine Herr'n – entschuldigen Sie – meine Damen und Herr'n, wollte ich sagen,« begann auf dem Verlobungsdiner der Stadtrat Kneesen, »also: meine Damen und Herr'n, erlauben Sie mir, mm, zu dieser feierlichen Gelegenheit einige schlichte Worte, wie sie aus'm einfachen Freundesherzen kommen, mm, was ich nu bereits viele Jahre bin, mm, an Ihnen zu richten, mir erlauben werde. Mein alter Freund Helmerding, mit dem ich manchen Sturm erlebt habe, das is'n Mann, ich meine: 'n bessern Kerl – ich bin immer 'n bischen grade weg, meine Herrschaften – kann man gar nich, un wenn man noch so lange mit der Laterne sucht, mm, kann gar nicht gefunden werden. Er is allgemein geachtet un geliebt un hat was für die Stadt getan un hat 'n Herz für die Armen – ja, ja, das has du, Helmerding, das laß ich mir nich nehmen! Un was die alte Mama Helmerding is, die hab' ich auch immer lieb gehabt – ja, das heißt alles in Ehr'n, meine Herrschaften, alles in Ehr'n – hähähähähä – – Na, was wollt' ich noch sagen, also: ich will mich kurz fassen, meine Herrschaften. Unser verehrtes Brautpaar hat uns die Freude gemacht, die *große* Freude gemacht – mm – sich in den heiligen Stand der Ehe begeben zu wollen. Un wenn ich mir da nu zuers den Bräutigam betrachte, da muß ich sagen: er macht seinen Eltern Ehre – un Freude – un – ja, das tut er, un kann ich nur hinzufügen, was ich so halb offisiell weiß, daß er wohl nächstens Stadtverorn'ter werden wird, na, ich meine, meine Stimme hat er, un er kriegt noch viele dazu, das soll'n Sie mal sehen. Denn solche Männer, ich meine, die brauchen wir, die durch Fleiß un Intelligenz un was sonst noch – sich emporgewickelt – äh – wollt' ich sagen: entwickelt haben, *gehören an die Spitze*!! Un wenn ich nu zu der lieben Braut übergehe – djä – was soll ich da anders sagen, als – er hat sich 'ne Frau ausgesucht – die zu ihm paßt! Praktisch is sie – un – un – wir haben sie alle gern, un hat uns alle sehr leid getan, das müssen wir aufrichtig sagen, als sie ihren Herrn Gemahl so schmerzlich verloren hat. Aber – ich meine – unser Willy, der wird sie schon trösten, hähähähä, un bitte ich Sie, mit mir anzustoßen: Unser Brautpaar soll leben hoch – un noch 'n mal: hoch! – un zum dritten Mal: hoch!«

»Komm, mein süßen Willy, du has noch gar nich mit mir angestoßen!« rief die entzückte Frau Helmerding.

Da trafen sich die feingeschliffenen Gläser in einem vollen Klange, und im Auge der Mutter schimmerte eine Träne.

Ernsthafte Predigt vom Kommersieren

Motto:

Solche Brüder müssen wir haben,
Die versaufen, was sie haben.

Liebe Brüder!

Es sind einige unter euch in Briefen wider mich aufgestanden mit beweglichen Klagen, daß ich in meiner tiefgründigen Abhandlung »Vom Essen und Trinken« das Essen bevorzugt und das Trinken vernachlässigt hätte. Das Essen nähme einen viel zu breiten Raum ein im Vergleich zum Trinken usw. usw. Noch täglich laufen neue Briefe ein; wohl selten hat eine Frage unser Volk so in seinen Tiefen aufgewühlt wie diese.

Leider haben es sich dabei einige der Briefschreiber nicht versagen zu müssen geglaubt, über das Essen im allgemeinen verächtlich zu urteilen und dem Trinken unvergleichlich edlere Eigenschaften zuzusprechen. Ich habe beim Lesen solcher Briefe im stillen auf ein Stadium geschlossen, in dem der Appetit auf feste Substanzen bereits für immer geschwunden zu sein pflegt; aber ich behalte das für mich. Die Sache ist zu ernst, um nicht alles persönlich Verletzende von ihr fernzuhalten.

Aber beklagenswert bleibt es, daß man dergleichen unduldsame Meinungen nicht zurückgehalten hat. Schlaraffenland ist ein paritätischer Staat und soll es, so denke ich, bleiben. Man soll es sich dreimal überlegen, ehe man an seiner Verfassung rüttelt. In einem gesunden Staatskörper wird die feste Nahrung immer die geeignetste Grundlage bilden für alle trunkhaften Bestrebungen.

Es ist richtig, daß Pharao den Mundschenk begnadigte

und den Bäcker hängen ließ. Aber es ist voreilig, daraus nun Schlüsse für das Trinken und gegen das Essen zu ziehen. Hier handelte es sich eben um einen Bäcker, also um Brot und Kuchen, und daß diese viel zu viel Mehl enthalten, hat noch kein anständiger Mensch bestritten. Aber die Aufknüpfung des Bäckers beweist nicht das geringste gegen Roastbeef, Rehrücken, Ente, Hummer, Kaviar usw. usw.

Liebe Brüder, man soll das eine tun und das andere nicht lassen. Zwischen Rehrücken und Rotspon sitzen: das nenn' ich goldene Mitte. Ich hoffe euch davon zu überzeugen, daß mir die Reize der besseren Feuchtigkeit nicht fremd sind.

Was den gegen mich erhobenen Vorwurf betrifft, so muß ich doch zunächst bemerken, daß ich die Freuden des stillen Suffs sehr objektiv gewürdigt und mich der dampfenden Bowle en petit comité wie immer wärmstens angenommen habe. Aber ich gebe zu, daß ich den eigentlichen, geregelten Kultus der Getränke mit seinem tiefsinnigen und ehrwürdigen Ritual, daß ich das planvolle, bis zur Bewußtlosigkeit zielbewußte Massentrinken, den Kommers, leider übergangen habe. Wer beides, Essen und Trinken, in *einer* Abhandlung bewältigen will, wird immer eines von beiden vernachlässigen müssen. Dazu ist der Stoff zu weitschichtig, seine Anordnung zu schwierig, die Konzeption zu kühn.

Wenn ich übrigens den Kommers soeben als ein Massentrinken bezeichnet habe, so ist das ganz subjektiv gemeint, d. h. ich betrachte die Masse als Subjekt des Komments. Versteht man unter der Masse das Objekt, so wird im Verlaufe des Kommerses das Objekt zum Subjekt und das Subjekt zum Objekt, wie dann überhaupt so viele Dinge, z. B. die Viehbub und der Saumagd und der Viehmagd und die Saubub, miteinander vertauscht zu werden pflegen. Ich weiß nicht, ob das klar ist. Wem es nicht klar ist, der betrachte es als den philosophischen Teil meiner

Ausführungen.

In die gemeine Bierdeutlichkeit übersetzt, soll das aber heißen, daß der Mensch sich nicht um jeden Preis besaufen soll. Ich bitte wohl zu bemerken: ich sage *nicht*, daß er sich nicht besaufen soll; ich möchte hier um alles nicht mißverstanden werden; er soll es nur nicht *um jeden Preis* tun! (Ich denke bei »Preis« nicht an Geld; denn erstens ist das Qualitative immer selbstverständlich, und zweitens würde ich dann »*für* jeden Preis« sagen.) Aus den Burschen, die mit der Vertilgung von zwanzig Seideln protzen und in jedem, der es nur auf neunzehn gebracht hat, einen fluchwürdigen Jämmerling sehen, werden nachher nur allzu oft jene Bürschchen, die aus dem Ueberschwang der Jugend nichts gerettet haben als Tugend und einen Magenkatarrh. Der Mensch soll trinken, weil es ihm *schmeckt*, darum führt er den Ehrennamen »der schmeckende Mensch«, homo sapiens. Wem es aber so gut schmeckt, daß er mit der unschuldsvollen, ahnungslosen Seligkeit des Säuglings die Grenze der Mäßigkeit überschreitet, für den werde ich immer ein sehr mildes Urteil bereit haben. Ueberhaupt diese Grenze der Mäßigkeit – ich weiß nicht – es ist etwas so Merkwürdiges um diese Grenze. Wenn man noch weit von ihr entfernt ist, sieht man sie sehr scharf; hat man sie aber erreicht, so sieht man sie nicht mehr. Es ist eine heimtückische, infame, eine ganz famose Grenze!

Ein Institut wie der Kommers mußte im Laufe der Zeiten seine Feinde finden, das ist klar. Dazu ist die Sache zu gut. Soweit sich diese Feindschaft gegen rohe Trinksitten richtet, ist sie mir recht. Es alteriert mich, wenn ein Kneipant keinen Bierjungen trinken kann, ohne daß es ihm zu beiden Seiten wieder zum Maul herausläuft; denn erstens ist »Bluten« nach dem Komment strafbar, also unsittlich, zweitens ist es für ein Herz, das die Gaben der Natur mit dankbarer Liebe verehrt, eine betrübende Stoffvergeudung, und drittens sieht es scheußlich aus. Wer einen mäßigen Bierjungen noch nicht mit lässiger Eleganz bewältigen kann, der soll zu Hause, wo ihn niemand sieht, täglich einige Stunden daran wenden und es üben. Die kleine Mühe lohnt sich immer.

Anders steht es mit einer anderen Art von Feindschaft. Um von ihr sprechen zu können, muß ich meinen Lesern leider eine gewisse Sorte von Menschen ins Gedächtnis zurückrufen. Ich habe einen Freund – d. h. er versteift sich merkwürdigerweise darauf, daß ich ihn so nenne –, wenn ich zu dem sage: »Kerl! Mordbube, du hast ja die ›Maine‹ in die Luft gesprengt!«, so verneint er mit tiefem Erstaunen und beginnt, mir ausführlich sein Alibi nachzuweisen. Wenn es draußen gleichzeitig stürmt, hagelt, regnet und schneit, so daß sämtliche Regenschirme sich mit emporgeworfenen Armen gegen ihre Bestimmung sträuben und die Luft von aufgewehten Damenhüten erfüllt ist, und ich dann zu ihm sage: »Prachtvolles Wetter, was?«, so erklärt er mit erfrischender Energie, daß er das Wetter durchaus nicht schön finde, im Gegenteil: schlecht. Der Mann ist nicht etwa in gewöhnlichem Sinne dumm; er hat vieles gelernt und ist in seinem Berufe tüchtig; seine Dummheit ist eben eine ganz außergewöhnliche. Soweit ich ihn bis jetzt vorgeführt habe, ist er ja auch, in ganz kleinen Dosen genommen, ganz amüsant. Aber wenn man im »Sommernachtstraum« neben ihm sitzt und die Handwerker mit dem kindlich-souveränen, großäugigen Shakespearehumor ihr Schauspiel aufführen, so stößt er mit dumpfem Ingrimm das Wort »Blech!« von sich. Wenn man ihm ein Grimmsches Märchen vorliest und er hört von der Madame Pabst, die eine goldene Krone aufhatte, »die war drei Ellen hoch«, so stöhnt er aus gekränktem Herzen das Wort »Unsinn«, und wenn ich mich mit einem anderen Freunde, einem *ganz* anderen, an einem köstlichen Büchlein ergötze, das lauter Verse à la Friederike Kempner enthält und die Erhabenheit des Blödsinns mit tausend Zungen predigt, wenn wir tränenden Blickes schwelgen im deliziösesten Nonsens, so vermag er »einfach nicht zu begreifen«, wie man am Lesen solcher schlechten Gedichte Gefallen finden könne. Die schöne Zeit solle man lieber darauf verwenden, Goethe und andere, *wirkliche* Dichter zu lesen usw. usw.

Ich denke, daß meine Leser sich jetzt den Typus vorstellen können, den mein »Freund« repräsentiert. Stellen wir ihn wieder weg.

Wenn Deutschland eine vollständige Autokratie und ich der Autokrat wäre: *diese* Leute würde ich auf Staatskosten vergiften lassen. Denn die Monomanie der Vernünftigkeit, diese traurigste Untergattung der Halbidiotie, ist mehr, als ein normaler Mensch vertragen kann und sich gefallen zu lassen braucht. Man schimpft so oft auf die Raubmörder, und ich gebe zu: mit einem gewissen Recht. Aber ein Raubmörder tut doch wenigstens mal etwas Unvernünftiges und trägt auf diese Weise sein redliches Teil zur Bewegung bei, die die *höchste* Vernunft ist und ohne die die Welt nicht bestehen könnte. Die »düsteren Bestien« der unentwegten Vernünftigkeit würden die Erdachse senkrecht zur Ekliptik stellen, um den rechten Winkel herauszukriegen und der ewigen Zappelei mit den Jahreszeiten ein Ende zu machen. Gottfried August Bürger, den ich so sehr liebe, ich weihe dir ein großes, stilles Glas, weil du aus warmblutendem Herzen aufschriest gegen die »kalten Vernünftler«.

Diese ungesalzenen Heringsseelen, diese frostigen Zeloten der blöden Ernsthaftigkeit, diese wirklichen Nüchterlinge der korrekten Richtigkeit und richtigen Korrektlinge der nüchternen Wirklichkeit sehen im Kommersieren und im Kneipstaat ein schädliches und albernes Institut; die kindliche Freude der Kneipanten ist ihnen kindisch und läppisch, und sie finden abgeschmackt die weisheitsvollen Gesetze des Kneipkomments, die, »was in schwankender Erscheinung lebt, befestigen mit dauernden Gedanken«. O meine Brüder! Nicht um diese seriösen Linealschlucker zu überzeugen, was nimmer ein Sterblicher je vermöchte, nein, um uns selbst zu stärken im Glauben an den alleinseligmachenden Komment und in allen guten Werken der Saufbrüderlichkeit, wollen wir betrachtend immer tiefer uns versenken »in den Reichtum, in die Pracht« der edlen Trinkerweisheit!

Welche Fülle realpolitischen Verstandes liegt schon in der Konstitution dieses Bierstaates!

> »Wer am besten saufen kann, ist König,
> Bischof, wer die meisten Mädchen küßt.
> Wer da kneipt recht brav,
> Heißt bei uns »Herr Graf«,
> Wer da randaliert, wird Polizist.«

Es ist gleichsam etwas Serbisch-Montenegrinisches in dieser Verfassung und Gesellschaftsordnung! Und wie klug ist die Strenge jener Gesetze über Biergericht und Bierskandal, Vor- und Nachtrinken und ex pleno-Bieten usw. usw.; mit welcher Sicherheit und Schwere trifft sie den gefährlichsten Feind des Bierstaates, den unheimlichen »Knacker« und »Glasbeißer«, der sich der allgemeinen Trinkpflicht tückisch entziehen möchte! Den modernen Rechtsstaat erkennt man bekanntlich daran, daß in seinen Bezirken möglichst viel und kräftig verdonnert wird. So auch den Bierstaat. Ein eifriger Bursch oder gar Präside oder Bierrichter wird immer Gelegenheit finden, einen Kneipanten mit strengster Gerechtigkeit und Unparteilichkeit zu verknurren, und wenn der Verknurrte das kostspielige Rechtsmittel der Berufung ergreift, so ist das im Interesse der Hebung des Konsums natürlich nur mit wilder Freude zu begrüßen. Wer den Strapazen dieses Rechtsstaates nicht gewachsen ist, der muß sich eben rechtzeitig weinend aus diesem Bund stehlen. Nur er, den das allgemeine Vertrauen zum Lenker des Staatsschiffs berufen hat und den das Gefühl von der Erhabenheit seines Herrscherberufs und von der Infallibilität seiner Entscheidungen erheben darf, er, der Präside, muß als der widerstandsfähigste Schiffer auf seinem Posten ausharren können, muß trotz Nacht und Nebel, trotz Aus- und Abstoßen und trotz allem Schwanken des Fahrzeugs und aller Seekrankheit sein Schiff zu den sonnigen Gestaden der Fidulitas lenken, muß auch das sinkende Schiff als letzter verlassen, und bliebe ihm schließlich nichts zum Umklammern als eine frischgeteerte Planke. Daß ein solcher Mann mit weitgehender Macht und Autorität ausgestattet sein muß, ist klar. Mit einer über alle subversiven, zentrifugalen und anulkenden Tendenzen erhabenen Schneidigkeit muß er die Zügel straff halten können und in ernsten Augenblicken den Mut zum skrupellosen Blödsinn besitzen. Er muß Tempo und Rhythmus des Festes angeben, wie er Tempo und Rhythmus der Gesänge (eine eminent wichtige Sache!) bei aller Nachsicht gegen Melodie und Tonart mit wachsamer Strenge bestimmt.

Der Gesang! Er ist die Blüte des Kommerses und offenbart also seine höchsten Schönheiten. Ich müßte ja ein Werk schreiben von der Dicke des »Großen Meyer«, wollte ich das Thema »Die Studentenseele im Lied« auch nur achtelwegs erschöpfen. Welch ein sanguinischer Optimismus in dem herrlichen Refrain:

»O Rothschild, Rothschild,
Rothschild, schick' Geld, schick' Geld!«

Es fällt Rothschild ja gar nicht ein, Geld zu schicken; aber das macht diese gläubige Bitte ja noch rührender. Welch hinreißende Beweisführung in den Versen:

»Bums vallera, die Welt, die Welt ist

wunderschön,
Bums vallera, die Welt ist wunderschön!«

In sechs Worten ist hier eigentlich alles gesagt; das »Bums
vallera« ersetzt den ganzen Leibniz. Gegen Bumsvallera gibt
es keine Instanz. Nur aus einer solchen Weltanschauung
kann jene großgeistige Ueberlegenheit erwachsen, die
nirgends erhabener zum Ausdruck gekommen ist als in den
Worten:

>»Was man draußen von uns meint,
Kann uns Schlacke sein,
Ist uns auch ganz schnurz!«

Aber weit gefehlt wär' es, zu glauben, daß dem
Studentenherzen die pietätvollen Gefühle fremd wären! Man
beachte in dem allbekannten »Fuchsenliede«, mit welch
zärtlichem Interesse sich der ganze Chor nach des Fuchsen
Papa und Mama, nach der Mamsell Soeur und sogar nach
dem Herrn Rektor erkundigt, man beachte, mit welch
teilnehmender Sorge sich die ganze Korona mitten im
Taumel der Jugendlust erkundigt, ob denn der alte
Hauschildt noch lebe, und mit welcher innigen
Genugtuung sie die frohe Nachricht, daß der alte
Hauschildt immer noch lebe, ins Ungemessene wiederholt.
Ueberhaupt nimmt sich der Student mit der schönen
Weitherzigkeit der Jugend der alten Leute an, besonders da,
wo man diesen das Recht zum Trinken verkürzen will.

»Olle Winkelmann, olle Winkelmann,
Was süppst du denn so sehre?«

Und nun die Entgegnung des alten würdigen Mannes:

»Wat geiht di denn min Supen an,
Wenn ick et man betahlen kann!«

Das erinnert an die wuchtigen Schlagverse einer antiken Tragödie. Und hat er denn nicht recht, der alte Mann? Und *wie* recht hätte er erst, wenn er's nicht bezahlen könnte! Die Frage, ob mit diesem berühmten Dialog eine Ehrung des alten Kunsthistorikers Winckelmann beabsichtigt sei, ist für den dichterischen Wert ganz belanglos. Die Verse gelten eben für jeden Winckelmann, wenn er auch *ganz anders* heißt.

> »Ein altes Weib auf der Turmspitze saß
> Und sauren Kohl mit Käse aß« –

ja – wer, frage ich, würde sich mal um die alte Frau kümmern, wenn es nicht der kommersierende Student täte?! Und wie ungerecht ist die Beschuldigung, daß er über dem Kneipen die Studien vernachlässige! In den allbekannten Versen:

> »Der Herr Professor
> Liest heut' kein Kollegium,
> Drum ist es besser,
> Wir trinken eins rum«

ist es doch für jeden Wohlmeinenden offen ausgesprochen, daß *nur* deshalb getrunken wird, weil der Herr Professor nicht liest, und wenn hämische Gesellen behaupten, der Herr Professor lese eben deshalb nicht, weil alle Studenten trinken gegangen wären, so ist das für den Effekt ja ganz gleichgültig. Jedenfalls zeigt das gediegene Lied:

> »Gennn–eral Laudon, Laudon rückt an, an, an,
> Gennn–eral Laudon, Laudon rückt an.
> Laudon rückt an, an, an,
> Laudon rückt an, an, an,
> Gennn–eral Laudon, Laudon rückt an«

auf das deutlichste, daß die Studenten sogar bei der Kneipe

unermüdlich Geschichte repetieren, und wer aus eigener Bemühung weiß, welch unausgesetztes Studium es erfordert, den »Abt von Philippsbronn« mit »Pst« und Pfiff und Schnalz- und Schnarchgetön (im richtigen Tempo bitte!) zu singen, und wer beobachtet hat, bis zu welcher idealen Vollkommenheit es darin selbst schwächer begabte Talente bringen, der kann den Studiertrieb der kommersierenden Jugend nicht anders achten als hoch. Ist doch auch die höchste Blüte des Erkennens, die rechte Selbsterkenntnis, durch Worte von ewiger Geltung zum Ausdruck gekommen, z. B. in den Worten des biederen Mannes, der als Grobschmied und Vater inspizierenderweise nach Halle kommt und seinem flotten Sohn auf dessen Fragen: »Was macht die liebe Frau Mama, was machen die zarten Schwesterlein?« so schlicht als wahr erwidert:

»Se sünd noch all recht fett und rund;
Se seggen, du bist en Swinehund.«

Wer nur sehen *will*, der sieht also klar genug, daß der Studio sich nicht schont, vielmehr die härtesten Selbstanklagen mit Mut und Ausdauer verträgt. Wer auch erhebt machtvoller die Stimme der Menschlichkeit, als er es tut in den tief gemütvollen Worten:

»Reißt dem Kater den Schwanz aus,
Reißt ihn aber nicht ganz aus!
(Bravo!)
Laßt 'n kleinen Stummel dran,
Daß er wieder wachsen kann!«

Und wer macht sich zum dröhnenden Sprachrohr des verfolgten lepus parvulus und trägt seine rührende Klage an das Ohr der Mitwelt?

»Longas aures habeo,

130

Brevem caudam teneo.
Quid feci hominibus,
Quod me sequuntur canibus?

Caro mea dulcis est.
Pellis mea mollis est.
Quid feci hominibus,
Quod me sequuntur canibus?

Quando reges comedunt me,
Vinum bibunt super me.
Quid feci hominibus,
Quod me sequuntur canibus?«

Mein Freund, der Vernünftige, hat mich darauf
aufmerksam gemacht, daß die Menschen den Hasen ja *eben
deswegen* verfolgten, *weil* sein Fleisch so süß und sein Fell so
weich sei. O meine Brüder, soll ich ihm 'mal eine
'runterhauen? Aber nein! Seien wir duldsam gegen die
Armen, denen nicht geworden ist, das Farbenspiel des
Lebens zu kosten, und steigen wir als glückselige Wissende
empor zu immer höheren Höhen des Tiefsinns. Sursum
corda!

Da gelangen wir denn zu den orphischen Worten vom
Bock, der nicht milchen will.

»Mich wundert nichts, als daß, als daß
Der Bock nicht milchen will,
Und frißt doch allzeit Gras
Und frißt doch allzeit Gras.«

Millionen von Menschen, ganze Geschlechter von
Erdbewohnern sind achtlos an diesem Phänomen
vorübergegangen, oder wenn sie es auch beobachtet haben,
so fanden sie doch nicht den Mut, nach der Ursache zu
fragen. Erst der trinkende Student fand diesen Mut. Gewiß:

beantworten konnte auch er diese Frage nicht, das mußte er den Professoren überlassen, die die merkwürdige Erscheinung längst auf die Männlichkeit des Bockes zurückgeführt haben; aber schon der Mut, eine solche Frage zu stellen, ist bewunderungswürdig.

Die Behauptung:

>>Häßlichkeit entstellet immer,
Selbst das schönste Frauenzimmer<<

erfordert schon weit weniger Mut. (Denn wenn ein schönes Frauenzimmer durch Häßlichkeit entstellt wird, was nützt ihm dann seine ganze Schönheit?! Ja: kann man in einem solchen Falle *überhaupt* noch von einem >>schönen Frauenzimmer<< sprechen? Mein ernsthafter Freund verneint es rundweg.)

Von kühnstem, bis in die Polarregionen vordringendem Forschergeiste zeugen die sehr belehrsamen und bildungsvollen Verse vom Eskimo.

>>Der Eskimo – lebt manchmal wo,
Doch manchmal, da lebt er wo anders.
Er trinkt den Tran – wie Bier der Mann
Und reibet damit Salamanders.<<

Aber das alles, so tief es ist, ist noch seicht und trivial im Vergleich zu dem Liede vom Frack.

>>O wie bimmel, bammel, bummelt
O wie bimmel, bammel, bummelt
O wie bummelt mir mein Frack!
Ich hab noch nie einen Frack gehabt,
Der mir so sehr gebimmelbammelt hat.
O wie bimmel, bammel, bummelt
O wie bummelt mir mein Frack!<<

Dies, ich wage das schämige Geständnis, ist mir das Höchste in der Dichtkunst. Hier ist nur Empfindung, Beobachtung und Bericht von Tatsachen; alle Reflexion ist vermieden. Der Dichter verzichtet auf jegliches intellektuelle Moment, er ist ein Volldichter. Dieses Werk konnte geschaffen und dann genossen werden bei gänzlich exstirpiertem Gehirn, ausschließlich mit Hilfe des Plexus solaris, jenes famosen Gangliengeflechts in der Magengegend. Ueber den Vortrag sei folgendes bemerkt: die Hände ruhen bis zu den Ellbogen in den Hosentaschen, die Zigarre hängt genau senkrecht im linken Mundwinkel, der Blick tastet mit elegischer Zärtlichkeit am Frack hinunter und sucht vergeblich den vorderen Teil der Schöße. Tempo: das hartnäckigste Largo, nach Mälzel = 1. Aber –:

Jetzt kommt ein wichtiges Aber. Auch in diesem höchsten Moment soll der Kneipant noch so viel Herrschaft über sich besitzen, daß er mit ernster Hingabe singt und sich im stillen über seinen Ernst unbändig amüsiert. Der größte Blödsinn wird ernst genommen: eben das macht den Kommers zu einem Bild des menschlichen Lebens. Und wen solch ein Ernst von Herzen heiter stimmt, der ist ein Herr des Lebens. Und das soll der Kneipant sein. Wir wollen mit dem Stumpfsinn spielen wie Brutus, und nachher wollen wir allerlei Tyrannen zum Teufel jagen. Sollte einer unter euch, liebe Brüder, gewähnt haben, daß ich die Entwickelung unseres Vaterlandes zur Bierarchie befördern helfen wolle, so hat er geirrt. Und wenn das edelste Münchener Bräu oder das süffigste Gold vom Rhein in Strömen fließt: obenauf schwimme der Mensch. Ihr sollt, liebe Brüder, euer geehrtes Innere begießen, auf daß der *Mensch* in euch zur Blüte komme.

Nein, das meine ich natürlich *nicht*, daß einer ein steifes Genick haben soll, daß einer sich nie vergessen soll, nie sich heiser singen soll, daß er für alles Getriebe um ihn her einen kühlen Polizeiblick bewahren soll, daß er ein dicker Klotz oder Pfahl sein soll, der von keinem Freudenstrudel sich fortreißen läßt. Solche Scheusale gehören in die Wolfsschlucht. Gottlob gibt es aber noch starke Kerle, die mitten durch Tabak- und Freudenqualm einen freundlich-festen Blick balancieren können, denen in seligsten Sekunden eherne Entschlüsse reifen und die, *wenn's nottut*, auf beide Füße springen und Männer sein können.

Denn bei einem rechten Kommers singt man ja auch solche Lieder wie »Freiheit, die ich meine« mit den selig-schönen Versen.

> »Auch bei grünen Bäumen in dem lust'gen
>   Wald,
> Unter Blütenträumen ist dein Aufenthalt.
> Das ist rechtes Leben, wenn es weht und klingt,
> Wenn dein stilles Weben wonnig uns
>   durchdringt.
>
> Wo sich Männer finden, die für Ehr' und Recht
> Mutig sich verbinden, weilt ein frei Geschlecht.
> Das ist rechtes Glühen, frisch und rosenrot;
> Heldenwangen blühen schöner auf im Tod«

und solche Lieder wie »An der Saale hellem Strande« mit den Versen:

> »Drüben winken schöne Sterne,
> Freundlich lacht manch' roter Mund,«

und mit fern versinkendem Blick sieht dann der Sänger alle Schönheit deutschen Landes: er hört den heiligen Gesang seiner Wälder und blickt mit sinnenden Gedanken hinauf in ihre grünen Dämmerungen und hinab in den bilderreichen Spiegel heimatlicher Ströme. Und wie vom Söller her ihm schöne Augensterne winken, steht in seinem Herzen der junge, süße Wirbelsturm der Liebe auf. Und schön ist in jungbrausender Seele der ernste Gedanke an den Tod für ein heiliges Gut.

Jugend sei das vornehmste Getränk an eurem Tisch. Daß ihr aber auch im grauen Haar noch jubilieren möget, bewahrt in eurem Keller von diesem edelsten Getränke ein ungeheures Faß, das bis ans Lebensende vorhält. Eines der herrlichsten Gebete, die je gesprochen worden, ein Gebet Heinrich Heines, sprecht es täglich nach; es heißt: »Ihr Götter, ich bitte euch nicht, mir die Jugend zu lassen; aber laßt mir die Tugenden der Jugend, den uneigennützigen Groll, die uneigennützige Träne!«

Und nicht so soll es sein wie in jenem spöttischen »Rückerinnerungslied«, wo es heißt:

> »Heute Kriegsgeschrei und Fehde allem, was die
>   Lust vergällt,
> Morgen salbungsvolle Rede über diese
>   Sündenwelt.
> Heute Feindschaft dem Philister, der gehorsamst
>   denkt und schweigt,
> Morgen vor dem Herrn Minister demutsvoll das
>   Haupt geneigt.«

So soll es *nicht* sein, liebe Brüder, *so nicht*! Auch sollen die Jungen unter euch nicht meinen, daß sie nachher mit der schneidigen Wurschtigkeit der Bierlogik und Bierjustiz auf den Köpfen ihrer Mitmenschen herumpräsidieren können. Wer vom großherzigen und großäugigen Jugendtrutz nichts hinüberrettet in sein Manneswerk, den soll, was er gekneipt hat, wiederkneipen, dem soll jeder Tropfen zu Gicht werden, und die soll ihm in den Hinterfüßen nur so lange rumoren, bis er ernstlich anderen Sinnes wird.

Und wenn er dann wieder einmal mit alten und ältesten Herren zusammenkommt zu fröhlicher Runde und er vom

Angesicht der andern den Wandel der Dinge liest, wenn er in eines Augenblicks Erleuchtung überschaut, was alles anders gekommen, wie er es einst gehofft, und von den Wänden ein ernstes Wort hallt: *Vergänglichkeit* – wenn dann das herrlichste und wehmutvollste aller fröhlichen Lieder steigt, das Lied von der dahingeschwundenen Burschenherrlichkeit, und wenn zuletzt der feierliche Augenblick kommt, da alles sich erhebt und einstmals oft verflochtene Hände sich wiederfinden: dann mag er's mit ehrlich bejahendem Herzen mitsingen, das schöne Bekenntnis:

> »Klingt an und hebt die Gläser hoch,
> Die alten Burschen leben noch,
> Es lebt die alte Treue!
> Es lebt die alte Treue!«

Und nun, liebe Brüder, wollen wir trinken auf alle, die vom breiten Stein nicht wanken und nicht weichen. Aber auf die, die verlernt haben, daß es Tage gibt »von besonderem Schlag«, Tage, so schön, daß man zu ihnen gar nichts andres sagen kann als »Ergo bibamus!« – auf die – auf die wollen wir auch trinken. Schon um unsertwillen. Das wäre ja auch noch schöner, wenn wir um deretwillen dürsten sollten! Wir wollen auf sie trinken in der Hoffnung, daß sie sich bessern. Aus jeden einzeln! Das schmeichelt ihnen; das greift ihnen an die Ehre. Dann gehen sie in sich.

Nachher trinken wir dann noch auf die Temperenzler; das sind sie uns schuldig. Prost!

Der große Irrgarten

Kommt mit in meinen Blumen-, Irr- und Wundergarten! Er
ist nicht größer als meine Handfläche; aber ihr werdet euch
wundern. Ein Leben könnt ihr damit verbringen, durch
seine Gänge, Lauben, Grotten und Gebüsche zu wandeln.
Tretet ein!

Als unsere Aelteste eben zu sprechen begonnen hatte und
meine Frau sie eines Tages fragte: »Wo ist Papa?«, da
antwortete sie mit unvergleichlicher Gemütsruhe: »Papa
puttrissen,« d. h. Papa ist kaputtgerissen.

Meiner Frau und mir selbst war von diesem jähen Ende
nichts bekannt; wir fragten uns also: Was kann das heißen
sollen? Ich war verreist gewesen; das Kind hatte gehört,
Papa ist verreist; reisen war ihm dasselbe wie reißen,
verreisen soviel wie zerreißen; in seinem Kopfe hatte der Satz
also geklungen wie »Papa ist zerreißt«, und wie die
papiernen Bilder und Puppen, mit denen sie gelegentlich
spielte, immer sehr bald »puttrissen« waren, so war es jetzt
ihr Vater. Sie nahm sein grauses Schicksal mit der denkbar
größten »Wurschtigkeit« hin.

Als ihr Brüderchen noch am Boden kroch und spielte,
hörten wir ihn wiederholt den Ruf »Hammelschitte!«
ausstoßen. Lange suchten wir vergeblich nach der
Uebersetzung dieses seltsamen Wortes.

Endlich beobachteten wir, daß der Junge diesen Ruf
jedesmal dann ausstieß, wenn eines seiner Stein- oder
Holzgebäude zusammenstürzte oder wenn sich sonst eine
Katastrophe ähnlicher Art ereignete. Und mit einem Male

ging uns ein Licht auf. Wenn wir mit ihm gespielt hatten, so hatten wir wohl bei gleichem Anlaß gerufen: »Da ha'm wir die Geschichte!« Dieser Satz war ihm zu einem Wort und einem Begriff zusammengeschmolzen und bedeutete soviel wie Zusammenbruch, Einsturz, Umsturz, und da ein möglichst geräuschvoller Einsturz für die Kinder ein Hauptvergnügen beim Bauen, ja, sozusagen der Sinn des Bauens ist, so stieß er das Wort »Hammelschitte« jedesmal mit sichtlicher Befriedigung hervor.

Ebenfalls nicht ohne weiteres, wenn auch immerhin leichter verständlich war mir die Nachricht unserer Jüngsten, sie habe bei den Nachbarn ein Bild gesehen, auf dem wäre »Jesus mit zwölf Posteljungens« gewesen. Sie hatte offenbar von »Aposteln« und von »Postillons« gehört und die beiden Berufsklassen zusammengeworfen. Vielleicht hatte auch noch das Wort »Jünger« hineingespielt.

Als dasselbe Kind uns versicherte, es habe »solche Notbremse im Hals«, schenkten wir ihm keinen Glauben. Erst als wir erkannten, daß es sich um ein »Sodbrennen« handle, fanden wir seine Beschwerden verständlich. Auch als es uns erzählte, unser Wirt in der Sommerfrische füttere seine Schweine »mit Schleie«, fanden wir dieses kostspielige Verfahren nicht wahrscheinlich; mit »Kleie«: das war zu glauben.

In einer Warteschule hörte ich die Kinder singen »Es regnet ohne Untersatz« statt »Unterlaß«. Sie wußten, daß man Gefäßen, die eine Flüssigkeit enthalten, wie Biergläsern, Blumentöpfen und dergleichen, einen Untersatz gibt, und machten wahrscheinlich mit Befremden die Beobachtung, daß die Natur beim Regnen diese Reinlichkeitsmaßregel versäume.

Ihr werdet jetzt schon wissen, was ich mit meinem Irrgarten meine; wenn ich von seinen Schönheiten, Wunderlichkeiten und Wundern nicht immer die letzte

Erklärung gebe, so gebt sie euch selbst; es ist das anmutigste und fruchtbarste Rätselraten, das ich kenne.

Ein krauses und reiches Gärtlein für sich bilden allein schon die lautlichen Irrwege der suchenden, tastenden Kinderzunge, die doch nach verborgenen Gesetzen tastet und sucht. Das Kind erfindet sich ein geniales Erleichterungsverfahren; es assimiliert Zahn- und Lippenlaut und macht zwei Lippenlaute daraus; es hat »epwas« gefunden und möchte noch »epwas« von der Torte, die ihm schmeckt; es löst einen schwierigen Hiatus auf, indem es einen leichten Konsonanten einschiebt, auf den die Zunge schon eingestellt war, ersetzt eine schwierige Konsonantenhäufung durch eine leichte Konsonantenfolge, und zwar durch eine, die es soeben erst geübt hat; darum wollte eins unserer Kinder nichts von der »Servisette« wissen; darum sprach es, als es schon stark herangewachsen war, noch immer ahnungslos von einer »Klopdopstraße« statt von einer Klopstockstraße.

Das Kind verkehrt die Reihenfolge der Anlaute in schwierigen Wörtern und erzählt uns strahlenden Auges von der »Muckerlative«, die so laut geschrien und geschnauft, und von dem »Wufflabomm«, den es am Himmel gesehen habe. Mit entschlossener Abkürzung macht es aus einem Delikatessenhändler einen »Delitessenhändler«; ein völlig fremdes Wort modelt es um nach einem, das es schon gehört hat: so verbreitete eines unserer Kinder die sensationelle Nachricht, daß seine Eltern in »Salzkamerun« wären, während wir nur bis zum Salzkammergut gekommen waren.

Ebenso erquicklich ungeniert behandelt es die Etymologie; wo ihm die Vergangenheitsformen fehlen, gebraucht es den Infinitiv oder wenigstens seinen Vokal; es hat ein heillos verknotetes Stiefelband »einfach durchgeschneiden« und fragt die Mutter, ob sie die Ernte vom Stachelbeerbusch schon »gewiegt« habe. Die unregelmäßigen Verben und ihre Ablautung sind ja bekanntlich überall und überhaupt ein lustiges Kapitel; die rote Grütze, die in der Küche bereitet wurde, »raach« so wunderschön, als Roswitha im Garten »ging, nein: gang, nein: gung«; sie möchte sich »epwas« davon »nimmen«. Und wenn es eine »Faulheit« gibt, warum soll es keine »Fleißheit« geben; wenn man von Emsigkeit spricht, warum soll sich Irene nicht über die »Faulkeit« ihrer Puppe entrüsten? Ist man nicht souverän und kann man nicht einfach Plurale und Wörter schaffen, die es bis dahin nicht gegeben? Wenn Rosenkohl auf den Tisch kam, verzichtete Erasmus; er mochte »die kleinen Köhler« nicht; die Peitsche war ihm ein »Knallstock«, und die Kiemendeckel der Fische waren »Fischklappen«. Die Frauen, die im Kloster leben, heißen Nonnen, die Männer, die im Kloster leben, demgemäß natürlich »Nonnenmänner«, und wenn man die Lampe angezündet hat, so muß man sie beim Zubettgehen wieder »auszünden«.

Muß sich der Deutsche Sprachverein nicht freuen, wenn aus dem welschen »Vestibül« ein deutsches »Westerbül« wird? Wenn es nach Süden liegt, sagt man natürlich »Süderbül«.

Wurzelecht ist dieser Purismus Roswithens freilich nicht; als ich verschiedentlich scherzenderweise das Wort »naturellement« gebraucht hatte, sagte sie statt »natürlich« nur noch »natürlichrallemang«.

Dagegen verfuhr sie wiederum höchst selbständig, ja tyrannisch bei der Transition des Tätigkeitsbegriffes auf Subjekt oder Objekt. Sie dichtete eines Tages bei einem ihrer Spiele, daß es regne, und spannte ihr Schirmchen auf. »Warum spannst du denn den Schirm auf?« fragte ich. »Ich beschütz den Regen,« versetzte sie.

Aber dieser Irrgarten der Wörter und Laute ist nur ein kleines Vorgärtchen zum großen Labyrinth der Begriffe.

Denkt euch, ihr blicktet von erhabenem Standort auf ein riesiges Manöverfeld, in dem eine Armee nach allen Richtungen zerstreut durcheinandergewirrt wäre. Da ertönt das Signal zum Sammeln, und plötzlich entsteht ein so heilloses Ameisengewimmel, daß ihr glaubt, es könne sich nie und nimmer entwirren. Aber mehr und mehr kommt Ordnung in den Haufen; immer deutlicher formen sich die Gruppen, und endlich steht jede Division und jede Kompagnie an ihrem Platze und jeder Mann in seinem Zuge an rechter Stelle.

Daran muß ich immer denken, wenn ich das Gekribbel und Gewibbel und Gewusel der Vorstellungen und Begriffe in einem Kinderkopf beobachte, und kein Schauspiel dünkt mich wunderbarer und entzückender, als wie diese Begriffe und Vorstellungen sich nach und nach von selbst zurechtlaufen.

Interessant ist schon die Chronologie der kleinen Köpfe. »Einmal«, so erzählte unsere Roswitha ihrer Mutter und mir, »einmal hab ich in Eppendorferweg 'n ganz großen Löwe gesehen!« und als wir an der Wahrheit dieser Erzählung zweifelten, fügte sie hinzu: »Ganz gewiß, da wart ihr noch gar nicht geboren.«

Als sie eines Tages hörte, daß Männe, ihr geliebter Dackel, auch einmal sterben werde, da meinte sie nach längerem Nachsinnen: »Na ja, wenn er denn stirbt un wenn Kurti denn mein Mann is, denn lassen wir ihn ausstopfen un denn stellen wir ihn aufs Büfett.« Männe wird eben nicht eher sterben, als bis sie verheiratet ist und ein Büfett hat. Kinder sind Götter und arrangieren den Weltlauf höchstselbst. Und der Gedanke, daß etwas Geliebtes ganz aus ihrer Nähe verschwinden könnte, besteht für sie nicht.

Die Kinder, die Roswitha einmal haben wird, haben sofort ein gewisses vorgeschritteneres Alter; die früheren Kinderjahre überspringen sie. Ihre Mutter wünscht das so, weil sich dann interessanter mit ihnen spielen läßt als mit Säuglingen und Babies.

Roswithens ältere Schwester Herta kennt keinen Unterschied der Zeiten nach Sitten und Gebräuchen; ihre Geschichtsbilder sind ein einziger Anachronismus. »Mutter,« fragte sie, »wie hieß noch der Herr, der über die Volsker siegte?« Coriolan ist eben ein »Herr« wie der Nachbar Müller mit der karierten Hose und dem Zylinder. Geschichtslehrer sollten das bedenken.

Und alle sollten wir bedenken, daß Kinder von dem, was wir ihnen sagen, viel weniger verstehen, als wir ahnen, wenigstens von dem, was sie verstehen *sollen*. Was sie erleben, verstehen sie weit besser, als was wir ihnen sagen. Dieselbe Herta kam mit der Theseussage nach Haus und erzählte frisch und munter: »Theseus hatte aus Versehen auf Kreta getreten.« Was mag sie sich unter Kreta vorgestellt haben! Nie haben wir's herausgebracht.

Was mag sich unsere Jüngste jahrelang unter dem Wort »Dienstag« vorgestellt haben! Eines Tages sagte sie nämlich mit größter Entschiedenheit: »In mein ganzes Leben is noch nie Dienstag gewesen!« Und ein anderes Mal fragte sie: »Nich, Pappi, Eis is doch kälter als Winter, nich?« Wie sah der Winter aus in diesem Köpfchen? Nicht wahr, das ist ein Helldunkel, so geheimnisvoll, wie es keinem Rembrandt je gelungen ist, nicht wahr, da tun sich zauberdunkle Höhlen voll flimmernder Nächte auf?

Zuweilen gemahnt das kindliche Tasten an den blinden Glücksgriff des Genies. »Was ist denn ein ›Paradies‹?« fragte ich einst ein kleines Mädchen. »Ein Friedhof«, antwortete es ohne Besinnen. Der Friede mochte das tertium comparationis sein, das die beiden Gärten in der Seele des Kindes zu einem gemacht hatte. Und auf der Straße hörte ich einst, wie hinter mir ein Büblein zum andern sagte: »Gestern ist meine Großmutter eingepflanzt worden.« Das ist eigentlich noch schöner als Schillers Verse:

> Noch köstlicheren Samen bergen
> Wir trauernd in der Erde Schoß ...

Wir verbinden die Vorstellungen zu Begriffen, wenn sie in den wesentlichen Merkmalen übereinstimmen; das Kind stellt solche Verbindungen nach einzelnen, oft nach einem einzigen und dazu noch zufälligen Merkmal her. Das ergibt dann Aussprüche von merkwürdigem Tiefsinn und von überraschender Komik. Ein Sechsjähriger kam an seinem ersten Schultage mit der verwunderten Bemerkung heim: »Sie sagen in der Schule gar nicht ›Sie‹ zu mir.« Daß seine Verwandten und seine Spielkameraden und die Freunde des Hauses ihn duzten, war begreiflich; sie waren ja Bekannte; aber fremde Leute sagen doch »Sie« zueinander.

Ein anderer Abc-Schütze berichtete mit gleicher Verwunderung: »Die Schulbänke sind gar nicht gepolstert.« Man sollte glauben, es sei ein verwöhntes Seidenpüppchen gewesen; aber das Gegenteil war der Fall; es war ein einfach gewöhnter, derber Junge; aber mit dem Begriff eines Sitzgeräts war ihm das Merkmal der Polsterung verbunden.

Einer meiner Freunde ging mit seinem neunjährigen Neffen in einen Juwelierladen, dessen Inhaber ihm u. a. auch einen hübschen Ring für den Buben anstellte. Er steckte dem Knaben den Ring an den Finger und meinte, ob er solch einen Ring nicht haben möchte; der Junge aber lehnte entschieden ab. Wieder auf der Straße, sprach er mit einer gewissen Entrüstung zu seinem Onkel: »Ich weiß gar nicht, was der Mann mit seinem Ring wollte! Ich *denke* gar nicht ans Heiraten.«

Natürlich sind es vor allem die sinnlichen Merkmale der Dinge, die in den Kindern haften und nach denen sie diese Dinge erkennen und bestimmen. Roswitha hatte mit großen, vor Teilnahme ganz dunklen Augen das Lied von den zwei Königskindern gehört, für die das Wasser viel zu tief war.

»Warum schwamm denn der Königssohn hinüber?« fragte ich sie. »Er konnte doch nicht so weit hinüberlieben,« war ihre Antwort. Lieben heißt die Arme um den Hals des andern schlingen, ihn drücken und küssen.

Selbst die Geister denkt sich Roswitha in einer nicht zu überbietenden Konkretheit. Sie hatte sich im Dunkel ihres Schlafzimmers vor »Geistern« gefürchtet (wie sie darauf verfallen war, weiß ich nicht); in einer dunklen Zimmerecke argwöhnte sie solch einen Störenfried. Wir hatten ihr versichert, daß es Geister von der Art, die die Leute bei Nacht belästigen, nicht gebe (in solchem Alter gibt's die ja wirklich nicht), und hatten sie genau in alle Winkel schauen lassen, um sie von der Gespensterreinheit des Zimmers zu überzeugen. Das hatte sie denn auch beruhigt. Aber einige Wochen später mußten ihr doch wieder Zweifel aufgestiegen sein; sie rief noch spät ihre Mutter ans Bett und vertraute ihr ihre Befürchtungen an:

»Ich weiß ja, daß es keine Geister gibt; du hast es mir ja gesagt; aber ich muß immer daran denken: vielleicht is doch noch einer nachgeblieben, un der hat sich vielleicht vermehrt.«

Kann man sich Geister sinnlicher vorstellen?

Und wie sie allem Geistigen einen Körper geben, so – das ist bekannt – beseelen sie alles Körperliche. Weil ihnen Körper und Geist überhaupt noch ungetrennt sind, weil ihnen die Welt überhaupt noch als ein einheitliches Ganzes, nicht als eine Vielheit erscheint! Sie besitzen durch die Gnade der Natur noch die Synthese, die der Philosoph, wenn er die Welt analytisch zerbröckelt hat, vergeblich wieder zu erringen sucht; sie sehen die Welt noch in größeren Komplexen als wir. Das zeigt sich höchst charakteristisch in ihrer Orthographie; sie hören nicht

Wörter, sondern ganze Wortkomplexe, ganze Sätze als eines. Als Roswitha Briefe zu schreiben begann, da schrieb sie an ihre Freundin nicht nur: »Dann kristu (kriegst Du) meine Puppe«, sie lud sie auch »aufngansentag«, d. i. auf einen ganzen Tag zu sich und berichtete ihr, daß Männe »gansausersich«, d. h. ganz außer sich vor Freude gewesen sei.

Und so wenig sie die Worte und Dinge voneinander trennen, so wenig trennen sie sich selbst von den Dingen des Alls. »Seid umschlungen, Millionen,« dieses Wort im grenzenlosesten Sinne ist ihre Weltanschauung. Da kann es nicht wundernehmen, daß Herta fürchtete, ihre Puppe werde Heimweh bekommen, und daß Roswitha von ihrem Kaninchen »Swatti« erzählte:

»Als ich Swatti fragte: ›Hast du dir wehgetan?‹, da sagte es: ›Was geht dich das an!‹«

»Wie«, fragte ein ungeschickter Mann, »hat Swatti denn gesprochen?«

Ueberrascht sah ihn Roswitha an. »Es hat *so* gemacht,« sagte sie und verzog blitzschnell das Schnäuzchen, wie es die Kaninchen tun und wie es die Kinder machen, wenn sie maulen und trotzen. War das nicht Sprache genug?

Alles Leben ist eins, und in einem einzigen Strome durchzieht es alle. Darum sprang Roswitha heftig auf, als in einer häuslichen Aufführung die Königin über den Tod Schneewittchens triumphierte, und rief mit Tränen in den Augen:

»Du freche Deern, du sollts man tüchtig Haue haben!«

Und darum erlebt' ich eines Tages, als ich zum hundertsten Male den »Tell« sah, etwas ganz Neues. Als die Rütlimänner auseinandergingen und die Urner wieder die Felsen hinanstiegen, da winkten sie ihren Genossen zum Abschied, und diese winkten zurück. Und wer winkte mit?

Mein Töchterchen Herta, das an meiner Seite saß. Sie lebte zu Beginn des 14. Jahrhunderts in der Schweiz; sie hatte mitgeschworen und kehrte nun heim »zu ihrer Freundschaft und Genoßsame«.

Und wie sie alles *sind*, was sie erblicken, so *können* sie alles, was sie sehen. Daß Rudi »Seemann oder Dichter« wird, steht fest, daß er dabei auf Schwierigkeiten stoßen könnte, ist ausgeschlossen; daß er als Seemann den Nordpol finden wird, leidet keinen Zweifel. Aber das alles ist mit menschlicher Kraft zu erreichen. Kinder haben überdies noch Wunderkräfte. Wenn Roswitha mit fanatischer Gebärde ausruft: »Ich verzauber dich als Tier!« dann ist Rudi ein Tier, da gibt es keine Berufung.

Und wie die Kraft, so der Glaube. Als ich einst mit Herta spazieren ging und wir an einem Wagen mit einem Schimmel vorbeikamen, sagte sie: »Das ist der siebenunddreißigste Schimmel, den ich seh.«

»Zählst du denn die Schimmel?« fragte ich höchlichst überrascht.

»Ja, ich zähl alle Schimmel, die ich seh, und wenn man neunundneunzig gesehen hat, dann kann man sich was wünschen.« Sie machte dabei dieselben Augen wie damals, als sie den Urnern zum Abschied winkte.

Die größten Magier und Wundertäter aber sind Vater und Mutter. Ich erinnere mich aus meiner Kindheit einer Zeit, da ich glaubte, daß meine Eltern alle meine Gedanken wüßten, wie der liebe Gott. So haben meine Frau und ich bei Roswithen unbegrenzten Kredit. Als sie ihre erste, rührend einfache Weihnachtshandarbeit machte, beriet sie eifrigst und eingehendst mit ihrer Mutter darüber, wie sie dies Geschenk am besten vor ihr verbergen könne. Vieles wurde erwogen, vieles wieder verworfen. Endlich rief sie: »Ach was, ich leg es einfach in meine Puppenkommode; ich weiß ja, daß du nich darangehst!«

Und ein andermal sagte sie: »Ja, ich steck ja noch immer den Daum'n in Mund, wenn ich einschlaf; aber du wirst mir das wohl schon abgewöhnen.« Dies felsenfeste Vertrauen zur Mutter beruhigte ihr Gewissen vollkommen.

Wenn ich aber Roswithens Meinung von mir darstelle, so muß ich mich eigentlich schamroter Tinte bedienen. Als ein Bildhauer eine Büste von mir angefertigt hatte, da fragte ihr Bruder sie, auf die Inschrift im Sockel zeigend: »Was steht denn wohl drunter?«

»Pappi!« versetzte sie wie etwas Selbstverständliches. Die Welt hatte doch nur einen Pappi, und das war ich. Dumme Frage.

Als aber später einmal von Frankfurt a. M. die Rede war und ihre lehrfreudige Schwester Irene sagte: »Da ist der größte deutsche Dichter geboren. Wer ist das?«, da rief Roswitha mit derselben Selbstverständlichkeit: »Vater!«

Sie soll einmal meine Biographie schreiben.

Die nächsten im Range nach Vater und Mutter sind die Könige und Prinzen. Daher Roswithens tiefes Erstaunen, als sie in der biblischen Geschichte vernahm, daß die jüdischen Könige mit einer gewissen Regelmäßigkeit und Gründlichkeit sündigten.

»Merkwürdig,« sprach sie eines Tages sinnend zu meiner Frau, »jeder König tut eine große Sünde; *aber auch jeder!*«

Von den Prinzen hatte sie dagegen infolge von Schokolade eine andauernd gute Meinung. Ein Prinz nämlich hatte uns gelegentlich eines Besuches Schokolade für die Kinder gegeben, und als Roswitha ihr Teil empfing, fragte sie strahlenden Blicks: »Handelt der Prinz mit Schokolade?«

Man muß nämlich nicht glauben, daß sie wie ein Kriegsminister denkt und in solchem Handel etwas Deklassierendes erblickt; im Gegenteil: ein Prinz, mit Degen, Barett und spanischem Mantel in einem Laden voll

Schokolade stehend, wäre ihr ein besonders herrlicher Prinz gewesen. Hatte sie doch eines Tages, als ihre Geschwister ins Theater kamen und sie dafür durch Schokolade entschädigt wurde, triumphierend ausgerufen:

»Schokolade ist besser als Theater!« Eine Wertung, der ich in manchen Fällen entschieden zustimme.

Unmittelbar auf Könige und Prinzen folgt, was Hoheit und Macht anlangt – hier zeigt sich Roswithens deutsche Natur – der Schutzmann oder Konstabler.

»Wo ist denn Rudi?« fragte ich sie einmal, als sie etwa vier Jahre alt sein mochte. Rudi war der nachbarliche Spielgefährte.

»Och,« versetzte sie, »wir ha'm uns doch 'n Herd gebaut, aus Sand, nich? Un nu woll'n wir Suppe mit Reis zu Mittag kochen, nich? Un nu fragt Rudi den Konstabler, ob wir das auch dürfen.«

So weit muß es kommen mit der Loyalität. Nur sollten dergleichen Gesuche schriftlich abgefaßt und auf einem längeren Instanzenwege erledigt werden.

Eine unbegrenzte Macht ist auch das Fünfpfennigstück. Ein köstliches Kerlchen von drei Jahren hatte solch ein Fünfpfennigstück bekommen und wollte damit stracks Laufs auf den Markt, um sich »ßwei Simmels« (zwei Schimmel) zu kaufen.

Gelegentlich sind wir bereits aus dem intellektuellen in den moralischen Irrgarten getreten. Hier besteht die Verwirrung oft in der verblüffenden Einfachheit. So überwindet Roswitha die Illoyalitäten des ersten Napoleon auf eine höchst summarische Art. Als man ihr erzählte, daß dieser Mann Aegypten, Italien, Spanien, Deutschland, Oesterreich usw. erobert und mit Krieg überzogen hatte und nun auch noch Rußland erobern wollte, da rief sie empört: »Der is woll wahnsinnig! Der muß mal tüchtig was auf die

Jacke haben!«

So ist es denn ja auch am letzten Ende gekommen, wenn sich die Sache auch nicht so einfach gemacht hat, wie es Roswitha meinte.

Kinder glauben an die unbedingte Wirksamkeit von Strafe und Ermahnung; sie beseitigen die moralischen Uebel wie der Bader einen Leichdorn. Wie Roswitha fest davon überzeugt war, daß ihre Mutter ihr das Lutschen auf dem Daumen »schon abgewöhnen« werde, so ist sie tief davon durchdrungen, daß ihre Kaninchen die Unart des Erdwühlens ablegen werden, wenn sie ihnen ermahnend zuruft: »Ihr dürft aber nicht wühlen!«

Daß Roswitha bei aller Einfachheit ihrer sittlichen Begriffe in gehobenen Stunden gemeinsam mit Rudi das Räuberhandwerk betreibt und alles, was durch den Garten kommt, »überfällt«, »fesselt« und »beraubt«, mit besonderer Vorliebe mich, weil ich so viel in den Taschen trage, das kann in einem Irrgarten nicht wundernehmen. Verwunderlicher ist schon, daß an der Innenwand der Räuberhütte, in der ich schon viele Jahre als Gefangener geschmachtet habe, ein Abreißkalender, ein Thermometer und ein Telephonbuch hangen.

Daß der Garten der Liebe für Roswitha noch im tiefsten Dunkel liegt, ist selbstverständlich; aber selbst dieser kimmerischen Finsternis entwachsen anmutige Blumen. Sie hatte öfters ein Kind in Begleitung einer Bonne durch unsere Straße spazieren sehen. »Das Kind gehört Dr. Melchers,« sagte Herta bei Gelegenheit.

»Nein, das Kind gehört dem Fräulein!« rief Roswitha energisch.

»Unsinn, Melchers gehört es,« wiederholte Herta, »ich weiß es doch!«

»Ach, was du schnackst!« rief Roswitha. »Dem *Fräulein*

150

gehört es! Das Fräulein spielt doch immer mit ihm, nich? Un Melchers spielen nie mit ihm.«

So verteidigte sie fanatisch das Mutterrecht des Fräuleins, worauf dieses wahrscheinlich gar kein Gewicht legte.

So viel immerhin scheint Roswitha von der Liebe schon zu ahnen: daß es nicht gut sei, wenn der Mensch allein ist. Man hatte ihr erzählt, daß die Nonnen niemals einen Mann nehmen dürften. Das versetzte sie in tiefes trauerndes Nachsinnen. Dann aber fuhr sie plötzlich auf und rief: »Dürfen sie denn nicht *wenigstens* die Mönche heiraten?«

Was die Mönche zu diesem »wenigstens« sagen werden, bleibt abzuwarten.

Nicht wesentlich anders stand es mit der zwölfjährigen Irene, als sie uns erzählte: »Georg hat mir gesagt, er sieht kein andres Mädchen an als mich.«

Das war von Georg deutlich genug; aber da Irene uns die Angelegenheit ohne Umschweife und freiwillig mitteilte, so waren wir beruhigt.

Als sie einmal unversehens in die Küche geraten war und eines der Dienstmädchen bei dieser Gelegenheit mit viel Empfindung Liebesbriefe von seinem Sergeanten vorgelesen hatte, da waren wir beunruhigt. Aber als sie uns dann erzählte: »Anna hat Liebesbriefe vorgelesen, das war *sooo langweilig!*«, da waren wir wieder beruhigt.

Georg wurde übrigens zum Kaffee eingeladen, erschien ohne jegliche Befangenheit, aß mit derselben Unbefangenheit unglaublich viel Kuchen und spielte dann mit Erasmus und den Mädchen Indianer in einem sehr komischen Kostüm. Er dachte offenbar noch nicht ans Heiraten, sonst hätte er kein komisches Kostüm angelegt. Er war in dem Alter, da man raucht, spielt und liebt, weil es die Erwachsenen tun; er war Toggenburg aus Nachahmung. Nachahmung ist fast alles kindliche Tun und Treiben; aber von einem gewissen Alter ab ahmt man nur nach oben nach. Bei Erasmus und seinen Genossen ging das so weit, daß sie nicht nur Theater spielten (den »Faust« natürlich), sondern sich auch in einer handschriftlichen Zeitung gegenseitig rezensierten. Da hieß es denn: »Der junge Künstler erschöpfte seine Aufgabe leider nicht restlos« oder »Der fleißige Darsteller möge sich nur nicht durch den wohlfeilen Beifall der Galerie zu Unnatürlichkeiten verleiten lassen« usw.

Wir lasen diese Blätter mit ernster Anteilnahme und lachten nicht; denn es ist etwas Heiliges an solcher Kindheit, daß sie keine Ahnung von ihrer Komik hat. Und doch waren diese »Künstler« so komisch wie Roswitha, als sie Maurer spielte und sich dazu eine Kelle geben ließ und eine Blechflasche, über die Schulter zu hängen, und eine Dose mit Kautabak, und fleißig in Lehm und Schlamm arbeitete und dabei doch ein rosa Kleidchen mit *Spitzenmanschetten* trug.

Ja, sie wollen es gar zu gern den Erwachsenen gleichtun, freilich weniger in dem, was unangenehm und schwierig, als in dem, was angenehm und lieblich ist. Ein kleines Mädel aus befreundeter Familie fragte seine Mutter: »Mama, wann kann ich eigentlich tun, was ich will?«

»Ja,« lachte die Mutter, »damit hat's noch gute Weile. Warum willst du's denn wissen?«

»Ach, dann will ich mir die Haare brennen,« versetzte das kleine Weib.

Aber sie *wollen* nicht nur erwachsen sein, sie *werden* es allmählich auch. Sie werden klüger, sie erwachen; Strahl um Strahl dringt Licht in den großen Irrgarten, und das zu beobachten ist ein fürstliches Gaudium, wenn auch oft ein wehmütiges. Der erwachende Intellekt zeigt sich gewöhnlich zuerst als Schlauheit, und wenn er sich bei jenem kleinen Mädel auf die Haare warf, so wirft er sich bei andern

Kindern – und öfter – auf den Gaumen.

»Mama, *zählt* ihr eigentlich das Konfekt, wenn ihr es in den Tannenbaum hängt?« fragte ein kleines Mädchen seine Mutter. Das war ja nun noch eine ziemlich ungenügende Leistung in der Schlauheit; aber sie bringen es mit der Zeit schon weiter.

Bei Roswitha – das muß ich ihr nachsagen – beleuchtet das eindringende Licht gewöhnlich größere Flächen und verbreitet sich zur Philosophie.

»Leibweh is eignlich sehr schön,« meinte sie schon mit sechs Jahren, »denn bespart man sich seine Schokolade auf, un denn hat man nachher noch welche.« Das sind die Anfänge einer optimistischen Weltanschauung, die doch eigentlich darauf hinausläuft, daß man auch an Leib-, Kopf- und Zahnweh das »Schöne« herausfindet. (Bei Zahnweh hält es schwer; aber es geht auch.)

»Teufel, komm un hol sie!« rief sie einmal, als sie über eine streitsüchtige Spielgefährtin heftig erbost war, und dann setzte sie resignierten Tones hinzu: »Schade, daß es keinen Teufel gibt.«

Ihre Philosophie ist also freilich noch die Tochter der Wünsche; aber immerhin philosophiert sie schon wie Voltaire, der behauptete, wenn es keinen Gott gäbe, so müßte man ihn erfinden, und, wenn man's genau nimmt, auch wie Kant, der den lieben Gott absetzte, um ihn wieder einzusetzen.

Ja, sie hatte schon verhältnismäßig früh sozusagen ethische Anfälle. An einem schönen Ostermorgen hatte sie mit bemerkenswerter Findigkeit die meisten Ostereier, selbst in raffinierten Verstecken, gefunden; aber statt sich nun wild in den Genuß zu stürzen, sagte sie: »Bitte, Mammi, bitte, Pappi, versteckt sie noch einmal; ich mag sie so gern suchen.« Hier überwog also schon die Lust des Erringens das Gelüste des Gaumens. Natürlich nicht für den ganzen

Tag.

Ihr Gehirn war damals überhaupt schon mächtig an der Arbeit. »Ich möcht', daß ich mal recht viel Zeit hätte!« seufzte sie eines Tages.

»Nanu?« rief ich verwundert. Mehr als vierundzwanzig Stunden am Tage kann man doch nicht gut Zeit haben. »Wozu denn?« fragte ich.

»Denn möcht' ich mal so recht über *alles nachdenken*!« Sie sagte es langsam, nachdrücklich und sehnsuchtsvoll. Die Welt, das Leben drang in allzu reicher Fülle auf sie ein; sie konnte nicht alles bewältigen; da war so viel, das sie nicht begriff. Es schien eine richtige Sorge in ihr zu sein. O ja, Kinder haben auch manchmal Sorgen, und sie nagen genau so scharf an ihnen wie an uns. Roswitha drängte einmal ihre Mutter, sie möchte ihr doch Unterricht geben.

»Oh, das hat noch Zeit,« meinte die Mutter.

»Aber wie soll ich denn durch die Welt kommen!« rief die Kleine bekümmert.

Sie tanzen sorglos über Abgründe dahin und machen sich Sorgen um den Schatten eines Halmes. Aber es sind Sorgen. Kindereien sind für sie nicht Kindereien. Ich überraschte einmal einen vortrefflichen Mann und berühmten Gelehrten dabei, wie er den Tannenbaum für die Seinen putzte und dabei fortwährend hockend und kniend um den Baum herumrutschte.

»Warum machen Sie denn das?« rief ich erstaunt.

»Ja,« sagte er, »man muß bedenken, daß die Kleinen den Tannenbaum von unten sehen; man muß ihn aus der Perspektive der Kinder schmücken.«

So müssen wir Sorgen und Freuden, Tränen und Lachen der Kleinen aus der Kinderperspektive betrachten.

Wenn man das tut, wird man freilich zu Zeiten heftig überrascht von einem wahrhaft hellseherischen Blick der

Kinder in das Leben der Erwachsenen. Roswitha will später einen gewissen »Kurt« heiraten, das steht fest. Sie werden dann in unserm Hause wohnen, und zwar hat die junge Frau die besseren, unteren Zimmer – das muß man ihr lassen – ihren Eltern, die oberen, geringeren sich und ihrem Manne zugedacht.

»Aber weißt du denn schon, ob dein Mann seine Schwiegereltern bei sich haben will?« fragte meine Frau.

»Hach!« rief Roswitha mit unbekümmertem Lachen, »das werd' ich ihm schon so lange vorpredigen, bis er ja sagt.«

Ist diese Kenntnis von der Macht der weiblichen Rede nicht verblüffend? Oder ist das nichts als weiblicher Instinkt?

Und voll, gepfropft voll von rührenden und komischen Wundern ist dann die Zeit, da die Klarheit so weit vorgeschritten ist, daß Bewußtheit und Unbewußtheit das Gleichgewicht suchen und das Zünglein an der Wage unaufhörlich schwankt, die Zeit, da Leib und Seele die Stimme wechseln. Dann wollen sie beides sein, Kind und Weib, Junge und Mann. Dann sind zwei Seelen, ach, in ihrer Brust:

> »Die eine hält mit derber Liebeslust
> Sich noch ans Spiel mit klammernden Organen;
> Die andre hebt *gewaltsam* sich vom Duft
> Zu den Gefilden hoher –«

ach, so zweifelhaft »hoher« – »Ahnen.« Dann will die vierzehnjährige Roswitha noch in einem höchst primitiven Indianerkostüm als Chingachgook im Garten umherspringen (»Das kann ich doch noch ruhig spielen, nicht, Mutter?«), um zwei Minuten später mit Entrüstung zu rufen: »Ich bin doch kein Kind mehr!« Dann benimmt sich der Faust-Darsteller und Hamburger Dramaturg Erasmus noch wie ein rechter Tertianer. Nicht im Wachen, o

155

nein, da hält er die Ohren steif als Grand-Seigneur, aber im Schlaf. Er redet nämlich aus dem Traum und führt den Dialog weiter, wenn man ihm antwortet. Die Tür zu seinem Schlafzimmer stand offen, als ich vorüberging, und ich hörte ihn laut rufen. »Nanu!« rief er.

»Was ist denn?« fragte ich.

Er (noch lauter und schwer entrüstet): »Nanu!!«

Ich: »Was gibt's denn?«

Er: »Es läutet ja gar nicht!!«

Ich: »Warum soll es denn läuten?«

Er: »Ist doch schon Elf!!!«

Aha! Jetzt begriff ich. Er saß in der Schule, und die Lateinstunde wollte nicht rechtzeitig schließen. Daß so eine Lateinstunde anfängt, ist schon eine Gemeinheit von ihr; aber nicht rechtzeitig zu schließen – da kocht die Jünglingsseele. Im Schlafe war Lessing-Faust eben noch Pennäler.

In solcher Dämmerung der Seele, in solch ambrosischer Nacht war's, daß Irene, die Selektanerin, die Fast-schon-Seminaristin, mit seltsamen Augen auf das Wunderknäul starrte, das ihre jüngste Schwester zum Geburtstage erhielt. Meine Frau sah diesen Blick, und als sie Irenen bald darauf ebenfalls ein Wunderknäul schenkte, da lag Irenen nichts ferner als Würde und Entrüstung und nichts näher als Freude und Lachen.

Solch ein Wunderknäul ist ein Garnknäul, das einen ganzen Nibelungenhort von Ringen, Ketten, Seidenbändern, Schokolade usw. usw. in sich birgt. Wenn die Mädel nun bei fortschreitender Arbeit das Garn abwickeln, so kommen nacheinander alle diese Kostbarkeiten zutage. Da gibt es viele Ahs! und Ohs!, viel Staunen und Lachen.

Die Kindheit ist solch ein Wunderknäul. Eigentlich ist das

156

ganze Leben solch ein Wunderknäul; aber dann sind auch andere Sachen darin. Und ein Glück ist es, der Abwickelung solch eines kindlichen Wunderknäuls mit offenen Augen zuzuschauen.

Das unsere ist diesmal zu Ende; an seinem Faden sind wir an einen Ausgang des großen flimmerdunklen Irrgartens gelangt –

– und treten nun wieder hinaus ins helle Licht, ins grelle Licht des Tages.

Im Seebade

Fragt eine Hausfrau, was es heißt: eine fünfwöchige Badereise für sieben Menschen vorzubereiten! Eine Art Moltke muß sie sein, der bis auf den letzten Knopf und Kragen einen Feldzug organisiert.

Aber alle Sorgen, Berechnungen und Aufregungen solch einer Hausfrau um Koffer und Kasten sind nichts gegen Hertas Aufregungen um ihren neuen Puppenkoffer. Ihr müßt bedenken, es ist kein gewöhnlicher Puppenkoffer. Er hat Abteilungen für Hüte, Leibwäsche, Kleider, Toilettengegenstände usw. usw. und ist beinah so groß wie ein kleiner Menschenkoffer. Dieser Koffer ist ihr die Badereise; ohne ihn wäre die Badereise ein Garten ohne Pflanzen, eine Armee ohne Soldaten, ein Beefsteak ohne Fleisch. Es ist der Sinn der Badereise, daß man einen Koffer mitnehmen kann. Ich machte mir einen Scherz und sagte mit ernstem Gesicht: »Dein Puppenkoffer muß zu Hause bleiben; wir haben schon viel zu viel Gepäck.«

Da schaute aus Hertas braunen Augen ein vernichtetes Lebensglück. Das konnte ich keine drei Sekunden mit ansehen, und schnell sagt' ich: »Ja, ja, du darfst ihn mitnehmen.«

Da war das Lebensglück wieder wie neu.

Alle fünf großen Koffer machen meiner Frau nicht so viel Kopfzerbrechen wie Hertas Puppenkoffer. Sie mag im Erdgeschoß oder im ersten Stock, im Keller oder auf dem Boden sein – überall wird Herta wie aus der Versenkung neben ihr auftauchen und sie über die Dispositionen in ihrem Puppenkoffer um Rat fragen. Und dabei stellt sich leider ein empfindlicher Mangel heraus. Auf Sylt ist die Witterung zuweilen rauh, auch im Sommer, und Herta hat für ihre Puppen keine Winterkleider! Da erklärt sich Irene bereit, ihr das Nötige zu leihen. Und da schlägt Herta ihrer Schwester die Arme um den Hals und küßt sie, und dann schaut sie sie an und sagt mit den Augen: Ich schwöre dir unauslöschliche Dankbarkeit und ewige Liebe über das Grab hinaus.

Drei Tage darauf war's, daß Herta bei Tisch ein allgemeines Schweigen durch den Ausruf unterbrach: »O Gott! Ich muß jeden Tag einmal sagen, daß ich glücklich bin!«

In ihrer Mutter Hände legt Herta überhaupt alles, was sie betrifft, ihr ganzes gegenwärtiges und künftiges Schicksal, auch die Wahl ihres dereinstigen Gatten.

»Du suchst mir einen Mann aus, und dann sag' ich zu ihm: Du sollst mein Verliebter sein.«

So denkt sie sich den Hergang. Ob er sich so einfach abspielen wird, bleibt abzuwarten.

Was mich betrifft, so sind mir an der Badereise die Koffer nicht das Liebste; das Meer z. B. ist mir wesentlich lieber. Denn am Meere werd' ich faulenzen können! Sonst hab' ich zu dieser edlen Kunst kein Talent; ein verlorener Tag – wohlverstanden: nicht ein dem Vergnügen geweihter Tag, nein: ein vertrödelter, zwecklos verbummelter Tag hinterläßt mir einen schlimmeren Katzenjammer als sieben Glas Grog von schlechtem Rum – wenn ich sie trinken würde, meine ich –, aber am Meere kann ich faulenzen. Das Meer wiegt alle Gedanken ein, auch die Gedanken, die nicht schlafen wollen und nicht schlafen können, alle, alle; am Meere glaub' ich an die Vorstellung der Wilden, daß die Seele den Körper verlassen und sich auf eigene Hand ergehen könne.

Und ich reise diesmal mit um so größerem Behagen, als meine Tochter Appelschnut mich über die Kosten vollständig beruhigt hat. Als wir schon in der Eisenbahn saßen, sagte ich: »Ich glaube, ich habe mein Portemonnaie vergessen.«

»Pappi, ich hab' Geld mitgenommen!« rief Appelschnut.

»Wie viel?«

»Fünfßehn Fennige!«

»Na also!« Zu allem Ueberfluß fand ich dann auch noch mein Portemonnaie.

Aber nicht nur ein Portemonnaie habe ich mitgenommen, sondern auch Bücher. Ich beschränke mich darin und nehme selten mehr als ein Dutzend Bücher mit, da ich schon zehnmal erfahren habe, daß ich nur in vereinzelten Fällen eins davon zu Ende lese. Nachdem im Sand des Ufers eine tiefe »Kuhle« ausgegraben – so tief, wie es das Grundwasser erlaubt – und ringsherum ein hoher Burgwall mit Ausblick auf das Meer aufgeworfen worden, bette ich mich so weich und warm wie möglich in die Kuhle und nehme mein Buch zur Hand. Diesmal ist es ein dickleibiges biologisches Werk über die Pflanzen und Tiere des Meeres. Ich befinde mich auf der dritten Seite der Einleitung, als ich aus weiter Ferne »Nuuu!« rufen höre. Ich lese weiter und höre gleich darauf lauter und dringlicher »Nuuu!« Da fällt mir ein, daß ich ja eigentlich mit meiner jüngsten Tochter Versteck spiele. In dieser Seeluft ist ein berauschender, benebelnder Tau, der alle Vorsätze, Versprechungen, Abmachungen, Hoffnungen und Befürchtungen in Traum und Dunst auflöst. Ich grabe mich also aus und mache mich auf, meine Tochter zu suchen. Ich sehe sofort ihren mächtigen roten Strandhut über einen Sandwall schimmern; aber ich suche sie natürlich lange und unter verzweifelten Ausrufen überall, wo sie nicht ist. Endlich »finde« ich sie: »Ach, da bist du!« Sie kreischt vor Vergnügen wie ein Seeadler und fliegt mir an den Hals. Auch von ihrem Munde kommt der Atem des Meeres.

Nun muß ich mich verstecken. Sie drückt beide Hände vor die Augen und steckt den Kopf in den Sand, um nichts zu sehen. Ich nehme mein dickes Buch und setze mich hinter einen Strandkorb. – –

Ich befinde mich auf der vierten Seite oben, als sich zwischen mich und das Buch ein roter Hut schiebt.

»Vater, du mußt doch ›Nu!‹ rufen!«

»Ach ja, wahrhaftig, entschuldige!«

In dieser Luft wird ein Cato zum Windhund, ein Regulus zum Wortbrecher, und ein Picus von Mirandola verliert das Gedächtnis. Ich sammle mich wieder auf, verstecke mich mit meinem Buch hinter der Dünentreppe und rufe: »Nu!«

Ich bin auf der vierten Seite unten, als mir ein ganzer Mensch aufs Buch fällt und schreit: »Haaaa! Nu hab' ich dich!«

»Nu muß du mich wieder suchen!« ruft sie und ist verschwunden wie ein Hauch.

Man wird zugeben, daß dies nicht die Art ist, ein Dutzend Bücher zu bewältigen, zumal wenn man nach siebenmaligem Rufen und Verstecken mit Herta, der glücklichen Besitzerin des Puppenkoffers, »dritschern« muß. »Dritschern« heißt: einen flachen Stein so auf den Wasserspiegel werfen, daß er wiederholt abprallt, bevor er versinkt. Auch »dritschern« fördert die Lektüre nicht; aber als Vater kann man sich ihm nicht entziehen. Wie gut es ist, wenn man in der Jugend fleißig gewesen, das sehe ich jetzt: ich »dritschere« noch ziemlich schön. Aber Herta will es wie gewöhnlich im Anfang nicht gelingen, und daran ist weniger ein Mangel an Geschicklichkeit als die Ueberfülle von Kraft schuld, die sie an alles wendet. Wie Brunhilde im Wettkampf den Felsblock schleudert, so wirft sie ihr Steinchen. Aber auch die stille, die innere Kraft hat sie, und da gelingt es ihr schließlich doch, und als es ihr gelungen, da lacht sie hell mit dem Mund und heller mit den Augen, wirft mir die Arme um den Hals – ich weiß nicht, ob es Liebkosungen oder Schläge sind – und küßt mich.

Herta, du siehst aus wie ein Symbol der Natur: Du küssest und zermalmst, und alles mit lachenden, unschuldsvollen Augen!

Die ersten drei Jahre ihres Lebens war sie ununterbrochen krank, ein trauriges Würmchen, die nagende Sorge der Mutter. Da gingen wir alle eines Sommers in ein jütisches Fischerdorf an der Nordsee, und in diesem Dorf waren drei Wochen lang heulender Sturm, peitschender Regen und unentrinnbarer Dorschgeruch. Wir verwünschten das Dorf und reisten nach Hause, und von Stund' an war Herta gesund und ward fröhlich und stark. Wie oft verwünschen wir Toren das Glück, das wie Unglück aussieht!

Schließlich entläßt mich Herta freilich in Gnaden zu meiner Lektüre; aber inzwischen hat Roswitha-Appelschnut neue Kräfte gesammelt. Als ich auf der fünften Seite oben bin (noch immer Einleitung!), da tritt sie an mich mit dem Ersuchen heran, die gewohnten Zirkuskünste mit ihr zu exekutieren. Ich muß mich platt in den Sand legen; sie springt mit zehn Schritt Anlauf auf mich zu, und ich muß sie auffangen. Nach diesem »Todessprung« kniet sie in meine flachen Hände, und ich muß sie langsam und lotrecht emporheben. Dann folgt »Appelschnut, die Königin der Luft«. Ich strecke einen Arm hoch; sie legt sich mit dem Bauch auf meine flache Hand, streckt alle Viere nach den vier Himmelsrichtungen, und ich muß sie drehen. Lauter Sachen, mit denen ich im Wintergarten in Berlin ein Heidengeld machen könnte, wenn ich wollte.

Aber plötzlich ist Appelschnut verschwunden. Wie ein Traum ist sie entflohen. Die Kinder gehen mit der Mutter zum Baden. Darum! Sie ist schon ganz ferne, hinter zwanzig Sandhügeln.

Vor zwei Jahren war es noch anders. Da sah sie die weiß und grünen Wogen auf den Strand klatschen und in die Höhe spritzen, klatschte in die Hände, lachte, als ob das

Herz zum Halse herausfliegen wolle, und dachte: Ei, was ist das Meer für ein Spaßmacher! Und gar nicht schnell genug ging ihr das Auskleiden, gar nicht früh genug konnte sie dem Spaßmacher an den Hals springen! Mit offenen Armen sprang sie ihm jauchzend entgegen – und im nächsten Augenblick lag sie sieben Meter weiter zurück mit der Nase im Sand; sie hob den Kopf, sah sich mit grenzenloser Verblüffung um, schnappte nach Luft, und als sie sie endlich hatte, brüllte sie mit der Brandung um die Wette. Es war eine Art Nachbildung der berühmten Arie: »Ozean, du Ungeheuer!« O dieser abscheuliche Grobian von einem Spaßmacher! Sie wollte ihn umarmen und mit ihm tanzen, und er schmiß sie auf den Strand wie einen gemeinen Sandfloh! Kurz, sie war dem Meer auf ewig böse.

Heute aber, da sie »schon groß ist«, hat sie Poseidon verziehen; sie weiß ihm um den Bart zu gehen und seinen täppischen Späßen zu entschlüpfen, und am liebsten ginge sie im Wasser zu Bett. Wenn sie nicht baden darf, so streift sie Rock und Höschen auf und watet durch sämtliche Lagunen und Lachen, die das ebbende Wasser zurückgelassen. Noch gestern abend rief sie, als meine Frau sie zu Bett bringen wollte: »Ach Mammi, bitte, bitte, noch einen Augenblick, hier ist noch so'ne himmlische Pfütze!«

Appelschnut, Appelschnut, was wird der »Verein zur öffentlichen Hebung der Moralität bei den Mitmenschen« dazu sagen, daß du von himmlischen Pfützen sprichst!

Ja, sie ist schon so sehr mariniert, daß sie jetzt auch einen Matrosen zum Mann haben will.

»Erst will ich Barmherzige Schwester werden, und dann werd' ich wohl 'n Bauern nehmen, damit ich recht viele Tiere krieg', und dann heirat' ich 'n Matrosen.« Es ist dabei zu bedenken, daß sie schon vier Spielkameraden Hoffnung auf ihre Hand gemacht hat und außerdem nach einer früheren Aeußerung an dem Gatten ihrer Schwester Herta teilhaben will. Sie wird das System Blaubart akzeptieren müssen.

Und dabei sagt diese Dame, die sieben Männer haben will, noch statt »Badekabine«: »Kabadebine!« Jawohl, meine Frau und ich haben es wiederholt gehört: sie, die schon in richtigen Konjunktiven spricht und sogar Konzessivsätze riskiert, sagt noch »Kabadebine«. Und wir haben uns fein gehütet, sie zu korrigieren; das Wort war uns ein wundersam rührendes Ueberbleibsel aus jener Zeit, da sie noch durch die Sprache wie durch einen Urwald tappte und die wunderlichsten Blumen und Wege fand. –

Also ich darf mich jetzt einer Ruhepause erfreuen. Ich habe mir in einem großen Eimer allerlei Seegetier gesammelt und will jetzt so lange hineinsehen, bis ein kleiner Seestern mit seinen Saugfüßchen vom Grunde des Eimers bis oben an den Rand hinaufspaziert ist. Damit kann man sehr gut ein paar Stunden ausfüllen. Wenn ich dies Stück Arbeit erledigt habe und nicht allzu müde bin, will ich einer meiner Entenmuscheln so lange zuschauen, bis sie fünftausendmal ihre feinen Rankenfüße vorgestreckt und wieder eingezogen hat. Ja, wenn nicht mein Freund und Duzbruder Nazi wäre!

Nazi ist ein Dreijähriger; aber er ist groß und dick wie ein Sechsjähriger. Er hat einmal gehört, daß er zu dick sei, um schnell zu laufen; seitdem erklärt er, wenn er sich tummeln soll: »Kann nich, schu dick!« Er fiel uns schon auf der Herreise in der Eisenbahn durch die energische Erklärung auf, daß er nicht in der »heißen Tütbahn« fahren wolle, sondern in der »kalten«. Die »Tütbahn« war natürlich die Eisenbahn, weil sie »Tüt« macht, und »heiß« war sie, weil er das Feuer unter dem Kessel der Lokomotive gesehen hatte. Das war ihm unheimlich gewesen, und darum verlangte er, kalt zu fahren.

Als ich mich kaum in die tiefsinnige Betrachtung meines Seesterns versenkt habe, höre ich den Ausruf: »Ich krieg' doch wasch schu eschen!«

Aha, also Nazi. Als er mich einmal mit Sand beworfen hatte, rief ich: »Wart', du Schlingel, du kriegst heute nichts zu essen!«

»Ich krieg' doch wasch schu eschen!« rief er.

Ich tat, als wenn ich aufspringen wolle.

Er kreischte, halb aus Furcht, halb vor Vergnügen, sprang drei Schritte zurück und schrie: »Ich krieg' doch wasch schu eschen!«

Ich griff zähnefletschend nach einer Sandschaufel und schwang sie drohend.

Er kreischte wieder, sprang wieder drei Schritt zurück und schrie abermals: »Ich krieg' doch wasch schu eschen!«

Jetzt sprang ich zornbebend und wutschnaubend auf die Füße und lief drei Schritt auf ihn zu.

Er lief sieben Schritt, blieb stehen und schrie dasselbe, und bei dem »doch« klappte seine Stimme jedesmal über. Auch mit diesem Spiel könnte ich eventuell meinen Kuraufenthalt ausfüllen; Nazi würde nichts dagegen haben; aber ich mach' es nur einmal vormittags und einmal nachmittags; dabei werde ich immer noch, da Nazi fünf Wochen zu bleiben gedenkt, etwa siebzigmal alle Stadien der sittlichen Entrüstung darüber, daß Nazi etwas zu essen kriegt, durchlaufen müssen.

Nachdem ich auch diesmal mein Pensum Wut geschäumt habe, wird Nazi auf den Eimer aufmerksam. Er guckt hinein und fragt: »Wasch isch dasch?«

Ich nenne ihm die einzelnen Tiere.

»Worum tut die immer scho?« Er macht die Bewegungen der Entenmuschel nach.

»Sie holt sich was zu essen aus dem Wasser!«

»Da isch ja gar nix schu eschen.«

»Doch; da ist sehr viel zu essen; das kannst du nur nicht sehen.«

»Worum nich?«

»Weil es zu klein ist.«

»Worum isch esch schu klein?«

»Junge, das weiß ich nicht.«

»Och, weisch doch mal!«

Dja, wenn's an meinem Willen läge, dann wüßt' ich noch ganz was anderes.

»O kuck mal!« ruft er plötzlich, »der Hund wackelt mit'n Henkel!«

Ich bin natürlich sehr begierig, einen Hund mit einem Henkel zu sehen. Richtig, da steht ein Hund mit einem aufwärts gekrümmten Schwanz, und mit diesem Schwanze wackelt er. Man kann den Schwanz gar nicht treffender bezeichnen, als ihn der Dichter Nazi bezeichnet hat.

Endlich vermißt er meine Töchter, für die Nazi natürlich nächst Schlagsahne das Himmlischste auf der Welt ist.

»Wo isch dein Mädschen?« fragt er.

»Wen meinst du? Gertrud?«

»Nein, Fräulein andere Gertrud!«

»Irene?«

»Nein, Fräulein andere Irene!«

»Herta?«

»Ja.«

»Die sind alle zum Baden. Willst du nicht auch baden?«

»Nein, kann nich, schu dick,« ruft er und stapft mit den Säulen des Herkules durch den Sand von dannen.

Ich lese nun die fünfte Seite der Einleitung zu Ende; da ich aber zum Umblättern zu erschöpft bin – ich werde hier allmählich zur Molluske –, so streck' ich mich zunächst einmal lang in den Sand.

Aaaaaaaaah – hahaaaaaa – – –

Und ich brate in der Sonne.

Und ich sehe fern, fern am Horizont ein kleines, weißes Segel, das will ich betrachten, bis es verschwindet. In jenem Schifflein sitzt meine Seele – ich weiß es! Und ich will meiner Seele nachschauen, bis sie in den veilchenblauen Himmel entschwindet.

Indessen brät mein Leib in der Hölle, in dieser unsagbar molligen Hölle, die meinetwegen ewig sein kann. Man kann die Genüsse von Himmel und Hölle nicht bequemer vereinigen.

Meinem Leibe ist wohl wie einem angespülten toten Seehund.

Zuweilen ist es mir auch umgekehrt: dann liegt meine Seele hier am Strande und hat sich in Sonnenschein verwandelt, und mein Leib schwebt unsichtbar in den Lüften, aufgesogen von den Wolken, von der trinkenden und trinkbaren Luft.

Meine Lungen sind vollständig betrunken von dieser Luft, und mein Leib schmort, und wenn ich noch ein wenig warte, wird er zu brutzeln anfangen.

Wie es scheint, bestreut mich schon jemand mit Salz und Pfeffer; aber es ist nur Appelschnut, die mich mit Sand bestreut. Von unten anfangend, bedeckt sie mich nach und nach vollständig mit Sand. Sollte ich wirklich nur noch ein toter Seehund sein? Ich opponiere nicht einmal, als mir der Sand zwischen Hals und Kragen rieselt, obwohl dies kein eigentlich angenehmes Gefühl verursacht. Ein toter Seehund faßt keine Entschlüsse mehr.

»O Pappi, laß uns mal Pferd spielen!« ruft Appelschnut plötzlich.

Aber ich bin von meinen Forschungen über dem

Wassereimer so angegriffen, daß ich ihr vorschlage, lieber Kuchen und Häuser zu backen, ein Geschäft, das man ohne große Veränderung der Körperlage etablieren kann. Sie ist sofort einverstanden, und wir backen in zehn Minuten eine amerikanische Großstadt mit Häusern, Kirchen und Kuchenläden. Allerdings bauen wir mit stetig wachsendem Arbeitspersonal. Nach fünf Minuten ist nahezu die ganze unmündige Strandbevölkerung auf der Arbeitsstätte versammelt. Und als ich nach abermals fünf Minuten emsig damit beschäftigt bin, in einem Garten sämtliche Blumen und Gemüse anzubauen, die sich aus Strandhafer herstellen lassen, empfinde ich um mich her eine abgrundtiefe Stille. Ich hebe den Blick: meine Arbeitsgenossen sind schon in weiter, weiter Ferne; sie haben längst ein anderes Spiel begonnen, und Appelschnut hüpft über die fernsten Hügel wie eine wandernde Mohnblume.

Verwaist, vergessen und öde liegt die Stadt. Schon beginnt der Wind, sie zu verwehen, die Flut, sie zu benagen. Nie wieder wird die eben noch Lebendige ein Hauch des Lebens erwecken; in einer Stunde wird sie verschwunden sein. Wunderbare Welt des Meergestades! Selbst Kinderträume verwehen in dieser Luft noch schneller als drinnen im Land, und tiefer noch als anderswo senkt sich ins Herz das Gefühl: Auch deine Wünsche sind wandernder Staub. Du brauchst nicht nach Aegypten zu gehen: diese verlassene Stadt der Kinder ist Memphis.

Aber auch die beschauliche Ruhe ist hier vergänglich; schon kommt Roswitha wieder herbeigesprungen.

»Mutti!« ruft sie erregt.

Ich wundere mich, daß sie mich als Mutter anredet, und sehe mich um – ach so: meine Frau liegt neben mir im Sand.

»Mutti, Erna is immer so eisch; wenn wir spielen, dann macht sie immer Streit und wirft uns Sand ins Gesicht. Sei man gar nich mehr so nett mit ihr; wir sind alle von ihr weggegangen!«

In diesem Augenblick geht Erna, eine von den weniger erfreulichen Badebekanntschaften, weinend vorüber.

»Mutter, sie weint,« sagt Appelschnut, »soll ich sie mal fragen, ob sie wieder gut mit uns sein will?«

»Ja, frag' sie nur.«

Nach einer kleinen Minute wandern Erna und Appelschnut wieder Arm in Arm. Auch Roswithens Zorn verrinnt und verweht wie Wind und Welle.

»Was spielt ihr denn?« fragt meine Frau.

»Ach, wir spielen so fein! Krankenhaus! Mit unsern Puppen! Einer is heute schon dreimal operiert worden, un denn hat er noch Scharlach un Cholera!«

Allmächtiger! Je verzweifelter die Fälle sind, desto vergnügter sind diese Barmherzigen Schwestern. Patienten mit weniger als drei Krankheiten scheinen gar nicht aufgenommen zu werden.

»Eben is auch 'n kleines Baby geboren worden, noch kein Jahr alt und hat schon 'n Keuchhusten!«

»Na, da habt ihr ja alle Hände voll zu tun,« ruft meine Frau lachend.

»Ja!« rufen stolz die beiden wie aus einem Munde, und schon sind sie wieder über den Bergen bei den sieben Zwergen. –

»Ich krieg' doch wasch schu eschen!« schreit es nah bei meinem Ohr.

Nee, is nich, Nazi. Mein Morgenpensum ist erledigt.

»Ach, da ist ja mein Nazi!« ruft meine Frau. »Komm, sag' mir mal Guten Tag.«

»Kann nich – schu dick!« versichert er mit Ueberzeugung.

»Ja, wenn du zu dick bist, darfst du ja auch keine Schokolade essen.«

Nein, nein, das ist eine mißverständliche Auffassung; für Schokolade ist er nicht »schu dick«.

Die magnetischen Kräfte der Schokolade sind von der Wissenschaft, wie mir scheint, noch entfernt nicht in ihrer Gewalt erkannt. Wie aus dem Boden gestiegen, umstehen meine Frau im nächsten Augenblick mehrere eigene Kinder, zwei Schwestern des Herrn Nazi und einige weitere Strandbevölkerung.

Als Nazi auf dem Schoß meiner Frau sitzt, guckt er ihr minutenlang in die Augen. Irgend etwas tieferes Philosophisches scheint sich in ihm zu entwickeln. »Kannsch du mit deinen Augen schehen?« fragt er schließlich.

»Ja gewiß, Nazi! Warum soll ich mit meinen Augen nicht sehen können?«

»Deine Augen schind ja scho dunkel!« meint er.

Dieser Ausspruch Nazis ruft in der Korona seiner weiblichen Verehrer einen Sturm des Entzückens hervor.

»Ist er nicht zu süß?« jubelt Herta. »Gott! Solch einen kleinen Bruder möcht' ich auch noch haben!«

Aber Nazis sechsjähriges Schwesterchen spricht ein ernstes und passendes Wort:

»Tu das lieber nich, Herta,« sagt sie, »da is viel Arbeit bei.«

Meine Frau ist durchaus der gleichen Meinung und drückt ihrer verstehenden Mitschwester dankbar die Hand.

Es ist auch zu bedenken, daß ich nicht nur schon fünf eigene Kinder habe, sondern daß ein allerliebstes kleines blondlockiges Mädel, ein Püppchen aus lauter Grazie und Spitzen, sich mir vollständig attachiert und mich ohne alles Verdienst mit Standhaftigkeit »Vater« nennt. Auch sie ist schuld, daß ich die Einleitung meines biologischen Wälzers nicht zu Ende lesen kann. Wenn sie ihrer Puppe das Bett

macht, packt sie mir mit den Worten »Vater, halt' mal, bitte!«
erst die Paradedecke aufs Buch, darauf das Deckbett, dann
das Kopfkissen, hierauf das Bettlaken und endlich Matratze
und Pfühl, und ich kann nicht eher weiterlesen, als bis alles
in der umgekehrten Reihenfolge, gehörig geklopft und
gelüftet, wieder in den Puppenwagen gelegt worden ist. Und
ferner ist zu bedenken, daß ich ja schon einen Nazi habe,
einen viel längern als diesen, nämlich den Obertertianer
Erasmus. Wenn ihr einmal ein Füllen auf einer großen
Weide beobachtet habt, dann habt ihr eine Vorstellung von
Erasmus im Seebade. Solch ein Füllen, wie ihr wißt, steht in
diesem Augenblicke still und nachdenklich da, um ganz
plötzlich und unvermittelt den Kopf in den Nacken zu
werfen, die Mähne zu schütteln und mit geblähten Nüstern,
wiehernd, den Rasen stampfend und die Hufe gegen den
Himmel werfend, zwanzigmal die weite Wiese zu umrasen,
und in seinem Gewieher ruft es: »Ihr lächerlichen
Menschen, wie lächerlich klein ist eure Erde!« So auch
Erasmus. Wenn vom Gefäß seiner Jugendkraft plötzlich der
Pfropfen sich löst und knallend in die Luft fliegt, dann wird
er zum jugendlichen Steppenroß, das fliegenden Laufes die
Dünen und Sandwüsten der Insel durchstampft, und wenn
ihn der Hafer sticht, wiehert er mit ungemeiner Naturtreue.
Es ist sehr wahrscheinlich, daß die Zentauren der
griechischen Mythologie ursprünglich wildlebende
Obertertianer waren.

Dabei zeigt dieses Natur- und Fabelwesen zu andern
Zeiten Momente einer überlegenen Ironie. Als er eines
Morgens aus seinem Bette stieg, bemerkte meine Frau, daß er
aus dem einen Zipfel seines langen Nachthemdes einen
riesigen Knoten gemacht hatte.

»Was soll denn das?« rief meine Frau.

»Das soll mich daran erinnern, daß ich noch Cäsar
präparieren muß.«

Das war freilich schon stark gegen Ausgang der Ferien.

Jeden Mittag um zwölf Uhr kommt Erasmus an meine Sandfeste, um mich zum Baden abzuholen. Bei Obertertianern muß man die Badestunde immer unmittelbar vor das Diner legen, weil nur eins die Kraft hat, sie wieder aus dem Meere hervorzulocken: die Tischglocke.

Wenn wir dann zum Essen gehen, müssen wir auch an Nazis Tisch vorbei. Sein Vater erlaubt ihm nicht, die Versicherung, daß er doch was zu essen kriege, laut durch den Saal zu schreien; aber er blinzelt mir heimlich mit boshaftem Frohlocken zu, und ebenso heimlich schüttle ich grollend die Faust.

Wir entwickeln alle einen ziemlich gleichmäßigen Appetit, den bekannten nördlichen Luft- und Meerhunger; aber Appelschnut wollte ihre Milch nicht trinken. Da habe ich sie dazu überredet, ihre Mutter regelmäßig bei Tische »anzuführen«. Ich gab ihr den teuflischen Gedanken ein, ihre Milch heimlich auszutrinken, dann zur Mutter zu sagen: »Ich mag keine Milch!«, und wenn die Mutter sie dann tadelte, ihr triumphierend das leere Glas zu zeigen. Das wiederholen wir nun bei jeder Mahlzeit und – merkwürdig! – jedesmal fällt meine Frau wieder darauf hinein, und jedesmal tauschen Appelschnut und ich danach einen Blick der freudigen Genugtuung: »Sie ist richtig wieder auf den Leim gegangen!«

Bei Tische muß ich, einem stillschweigenden Uebereinkommen gemäß, ein gewisses Quantum Witze für den Hausgebrauch machen, zum Beispiel wenn der Roquefort, der Maden hat, durch einen Camembert abgelöst wird, muß ich sagen: »Le Roquefort est mort, vive le Camembert!« oder so etwas Aehnliches; der Nachmittag aber gehört dann allerdings vorwiegend der Ruhe. Zwar nehme ich, in der Sandgrube liegend, die Biologie der Meerorganismen vors Gesicht, aber doch nur in dem vollen

Bewußtsein, daß dieses Bewußtsein schon nach Beendigung des ersten Vordersatzes schwinden werde.

Natürlich: wenn ich von Ruhe gesprochen habe, so hat das keinen Bezug auf die Kinder. Kinder haben ein so ruhiges Herz, daß Haupt und Glieder der Ruhe nicht bedürfen. Ich habe denn auch kaum das Quantum Schlaf genossen, dessen man nach einem solchen Vormittage dringend bedarf, als mir aus Traumeshimmeln etwas ziemlich Schweres, Warm-Lebendiges auf den Magen fällt. Selbstverständlich Appelschnut.

»O Pappi, wir spielen zu fein! Karl is der Wolf, un ich bin das Pferd, un denn kämpfen wir uns immer mit'nander!«

Ich habe also ein Pferd auf dem Schoß. Auch in diesem Augenblick, da sie auf meinem Schoße sitzt, fühlt sie sich vollkommen als Pferd. Aber das Pferd hat einen sehr kräftigen Schmutzfleck im Kleid.

»Roswitha, wie hast du das schöne neue Kleid beschmutzt!«

»Ach, das war so naß geworden, und da wollt' ich es mit Sand wieder reinmachen, un da war es mit ein'mal so schmutzig.«

Der Sand muß starke Beimengungen von rötlichem Ton gehabt haben.

»Sag' es man nicht erst Mutter,« meint sie, »sie ärgert sich bloß.«

Diese Besorgnis um die Mutter finde ich ergreifend.

»Ich weiß ja, mein süßes Väterchen sagt nichts,« dabei wirft sie mir die Arme um den Hals, küßt mich und trabt mit dem Wolfe davon.

Nicht einen Augenblick ist ihr der Gedanke gekommen, daß es für ein Pferd absurd ist, sich auf den Schoß seines Vaters zu setzen und ihn zu küssen.

Nach einer Viertelstunde kommen Pferd und Wolf wieder

auf mich zugerannt, und das Pferd ruft in großer Erregung: »Vater, Karl will nich glauben, daß die Erde sich immer so rumdreht!«

Als Anhänger des Kopernikanischen Systems bestätige ich, daß die Erde sich immer so rumdreht.

Karl wird nachdenklich.

»Er meint, dann fallen wir ja alle um!« ruft Appelschnut.

»Nein, die Erde hält uns fest und nimmt uns alle mit.«

»Wir drehn uns auch alle!« erklärt Appelschnut.

»Die Schaufel auch?« fragt Karl, auf eine im Sand steckende Schaufel zeigend.

»Die Schaufel auch,« bestätige ich.

»Der Strandkorb auch?« – »Der Strandkorb auch.« – »Du auch?« – »Ich auch. – Und du auch.«

»Ich?« – »Ja.«

»Hähäää – das ist nicht wahr!« ruft Karl mit überlegenem Lachen, und vor dieser Ueberlegenheit muß ich wie schon so oft in meinem Leben verstummen. Karl dreht sich nicht mit.

Und so verfließt der Nachmittag, so verfließt der Tag, und gleich auf den ersten Tag folgt der letzte Tag. Ganz anders ist es als in den Tagen der Schöpfung. Da heißt es: »Es ward aus Abend und Morgen ein Tag.« Hier müßte es heißen: »Aus Abend und Morgen werden vierzig Tage, hundert Tage, tausend Tage.« Was zwischen dem ersten und dem letzten Tage liegt, ist ein stilles, ewiges Fließen von Wasser und Wind, von Atem und Traum, und so wenig du die Tropfen im Meere zählst, so wenig dir daran liegt, sie zu zählen, so wenig achtest du hier der Tage im Meere der Zeit.

Wehmütig raffen die Kinder am letzten Tage den kleinen Hausrat unserer flüchtigen Wohnstatt zusammen; wehmütig steh ich dabei, das Werk über die Pflanzen und

Tiere des Meeres mit seiner unausgelesenen Einleitung in der Hand haltend. Da höre ich aus weiter Ferne ein Krähen. Ich suche lange nach dem Ursprung dieses Schalles und finde endlich oben am Rand einer hohen Dünenklippe zwei Menschen, die wie eine Dame und ein Kind aussehen. Da der Wind herübersteht, so höre ich endlich mit angespanntestem Gehör: »Ich krieg' doch wasch schu essen!«

Da reiß' ich von unserer verfallenen Strandburg einen mächtigen Pfeiler los, pack' ihn mit beiden Händen und schüttle ihn mit furchtbarer Drohung.

Und der Wind trägt mir ein letztes, jauchzendes Kinderlachen zu.

Und ganz zuletzt erlebe ich noch etwas Wundersam-Schönes.

Mein Töchterlein hat hier eine Freundin gefunden, die heißt Else. Totweinen würde sie sich, wenn sie Else niemals wiedersehen solle, so hat Irene erklärt. Nun umwandern sie, um Hals und Hüfte innig Arm und Arm geschlungen, die Reste unserer Strandburg und singen.

Irene singt: »Nun ade, du mein lieb Elseland, lieb Elseland, ade!«

Das Land, wo sie Else kennen gelernt, ist ihr ein Elseland geworden.

Else singt: »Nun ade, du mein Irenenland, Irenenland, ade!«

Das Land, wo sie Irene fand, ist ihr ein Irenenland geworden.

»Irene« ist »der Friede« – das weiß Else vielleicht nicht einmal.

Kinder, ihr singt ein tiefsinniges Lied.

Nun ade, du mein Irenenland – – –!

Inhalt

Von Otto Ernst erschienen ferner
im Verlage Ullstein & Co, Berlin:

In der Sammlung der Ullstein-Bücher

Laßt Sonne herein!

Eine Sammlung heiterer Geschichten und Plaudereien des bekanntesten und beliebtesten Humoristen unserer Zeit, ein lachender Sorgenbrecher, der überall willkommen ist.

In der Sammlung der Jugendbücher

Gulliver in Liliput

Der Hamburger Dichter erzählt hier der Jugend die lustigen und zugleich lehrreichen Abenteuer des Seemannes Gulliver im sagenhaften Zwergenlande der Liliputaner.

Preis 1 Mark

Von Otto Ernst erschienen ferner:

Im Verlag *L. Staackmann*, Leipzig:

Semper der Mann, Roman. 30. Tausend.

Semper der Jüngling, Roman. 65. Tausend.

Asmus Sempers Jugendland, Roman. 100. Tausend.

Appelschnut, humoristische Plaudereien, reich illustriert. 35. Tausend.

Ein frohes Farbenspiel, humoristische Plaudereien. 30. Tausend.

Vom geruhigen Leben, humoristische Plaudereien. 35. Tausend.

Vom grüngoldnen Baum, humoristische Plaudereien. 28. Tausend.

Aus meinem Sommergarten, humoristische Plaudereien. 21. Tausend.

Sankt Yoricks Glockenspiel, Satiren, Schwänke, Schnurren, Aphorismen usw. 10. Tausend.

Der süße Willy, Humoreske. 22. Tausend.

Besiegte Sieger, Novellen. 6. Tausend.

Kartäusergeschichten, Novellen. 7. Tausend.

Gedichte. 4. Tausend.

Glimmen des Mittags, Gedichte. 4. Tausend.

Siebzig Gedichte. 30. Tausend.

Bannermann, Schauspiel. 3. Tausend.

Flachsmann als Erzieher, Lustspiel. 34. Tausend.

Die Gerechtigkeit (Revolverjournalisten), Lustspiel. 6. Tausend.

Die größte Sünde, Trauerspiel. 8. Tausend.

Die Liebe höret nimmer auf, Tragikomödie. 5. Tausend.

Jugend von heute, Lustspiel. 14. Tausend.

Ortrun und Ilsebill, Märchenkomödie. 3. Tausend.

Tartüff der Patriot, Lustspiel. 3. Tausend.

Blühender Lorbeer, Aufsätze. 10. Tausend.

Laßt uns unsern Kindern leben! Aufsätze. 10. Tausend.

Nietzsche, der falsche Prophet. 5. Tausend.

Gewittersegen, ein Kriegsbuch. 11. Tausend.

Im Verlag *M. Glogau jr.*, Hamburg:

Hamborger Schippergeschichten, Plattdeutsch nach Drachmann. 8. Taus.

Jugendschriften

Im Verlag *Jos. Scholz*, Mainz:

Der Kinder Schlaraffenland, illustriert. 10. Tausend.

Im Verlag *G. W. Dietrich*, München:

Hinaus ins Freie! Illustriert. 5. Tausend.

Im Verlag *Union* Deutsche Verlagsgesellschaft, Stuttgart:

Robinson Crusoe, neu erzählt und reich illustriert. 10. Tausend.

Ullstein-Bücher

Neue Bände:

Besser Herr als Knecht

von Fedor von Zobeltitz

Ein deutscher Balkanfürst, eine ritterliche

Phantasiefigur, ist der Träger der Eisernen Krone, ist der Held des Romans. Er hat die Züge Alexanders von Bulgarien, des Battenbergers. Sein Schicksal erhält durch Zobeltitz das Kolorit, die szenischen Wirkungen eines großen, spannenden Theaterstücks. Vom Berliner Hof des alten Kaisers, von einer märkischen Garnison, von der Burg eines reichsunmittelbaren deutschen Hauses geht es hinüber in den abenteuerlichen Halborient.

In der Kommandantenkajüte

von Hans Wilhelm Hollm

Marinegeschichten, an Bord erzählt, im vertrauten Beisammensein der Kameraden: Erinnerungen an den Zauber der Südsee, vom Heimweh nach der Ferne, nach dem frohen Leichtsinn der Jugend heraufbeschworen, Geschichten vom Finden und Auseinandergehn, von Abschied und Wiederbegegnung, heitere und ernste Lebensepisoden. Ein deutscher Seeoffizier ist der Verfasser des prachtvoll frischen und prachtvoll ehrlichen Buches, das überall die Herzen höher schlagen lassen wird.

Der belagerte Tempel

von Thea von Harbou

Das Werk Theas von Harbou, das mit starkem Griff hineingreift ins Leben, ist ein Roman der deutschen Bühne zur Kriegszeit. Alle Typen des Schauspielertums treten auf, inmitten ernster und froher, leidenschaftlicher und stiller, rauher und weihevoller Szenen. Ein letzter, südlicher Sommertraum unter den Zypressen Capris geht der wuchtig geführten Handlung voran.

Jeder Band 1 Mark

Berlin SW 68
Ullstein & Co

www.ingramcontent.com/pod-product-compliance
Lightning Source LLC
Chambersburg PA
CBHW022359020726
47500CB00002B/353